AQUARIUS

AQUARIUS

AQUARIUS

AQUARIUS

每個人心中都有一座島嶼，

藉文字呼息而靜謐，

Island，我們心靈的岸。

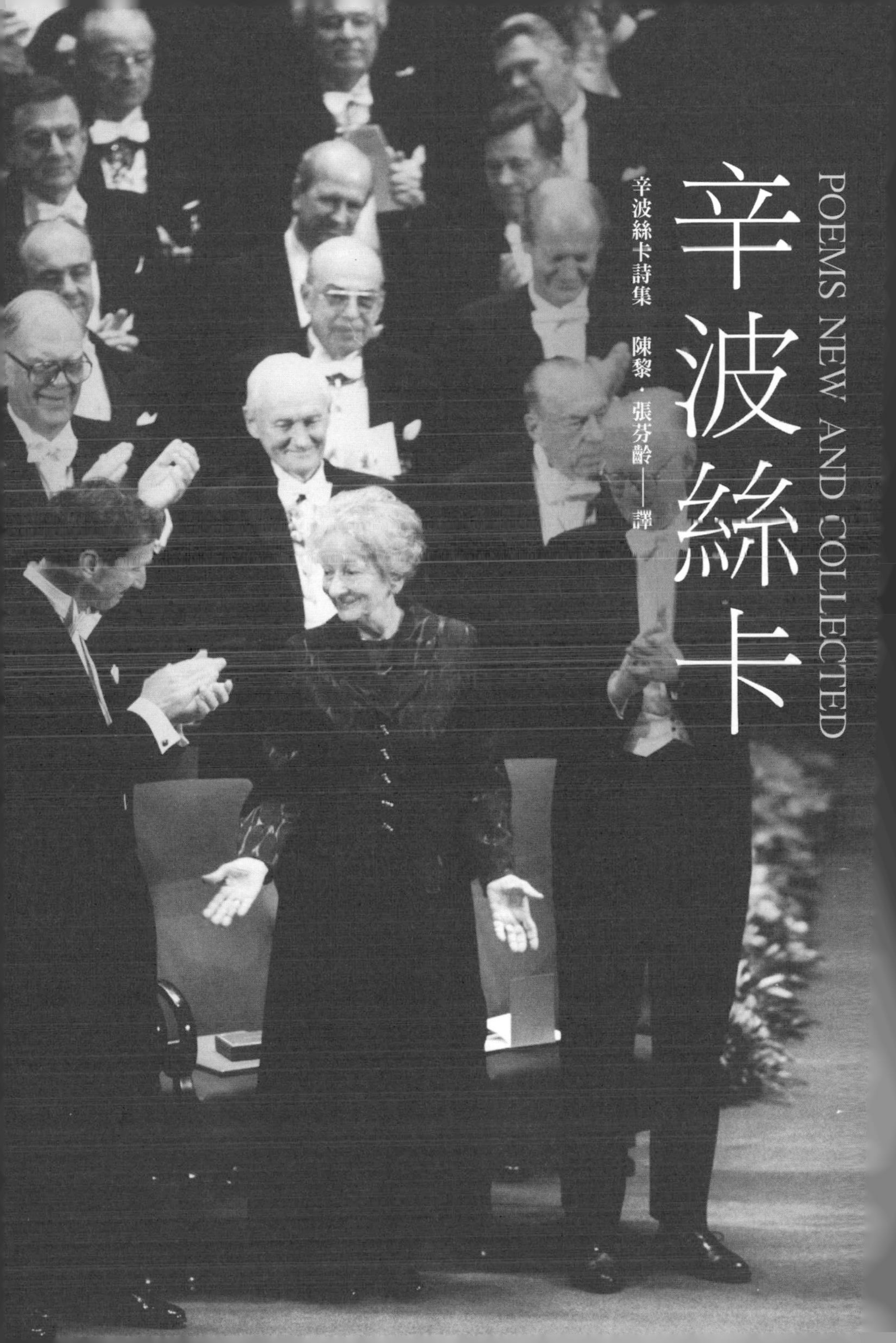

辛波絲卡

POEMS NEW AND COLLECTED

辛波絲卡詩集

陳黎・張芬齡——譯

【導讀】

種種荒謬與歡笑的可能——閱讀辛波絲卡

文／陳黎．張芬齡

一九九六年諾貝爾文學獎得主辛波絲卡（Wislawa Szymborska），一九二三年七月二日出生於波蘭西部小鎮布寧（Bnin）❶，八歲時移居克拉科夫（Cracow），至今仍居住在這南方大城。她是第三位獲得諾貝爾文學獎的女詩人（前兩位是一九四五年智利的密絲特拉兒和一九六六年德國的沙克絲），第四位獲得諾貝爾文學獎的波蘭作家，也是當今波蘭最受歡迎的女詩人。她的詩作雖具高度的嚴謹性及嚴肅性，在波蘭卻擁有十分廣大的讀者。她一九七六年出版的詩集《巨大的數目》，第一刷一萬本在一週內即售光，這在詩壇真算是巨大的數目。

辛波絲卡於一九四五年至一九四八年間，在克拉科夫著名的雅格隆尼安大學修習社會學和波蘭文學。一九四五年三月，她在波蘭日報副刊發表了她第一首詩作〈我追尋文字〉。一九四八年，當她正打算出第一本詩集時，波蘭政局生變，共產政權得勢，主張文學當為社會政策而作。辛波絲卡於是對其作品風格及主題進行全面之修改，詩集延至一九五二年出版，名為《存活的理由》。辛波絲卡後來對這本以反西方思想，為和平奮鬥，致力社會主義建設為主題的處女詩集，顯然有無限的失望和憎厭，在一九七〇年出版的全集中，她未收錄其中任何一首詩作。

一九五四年，第二本詩集《自問集》出版。在這本詩集裡，涉及政治主題的詩作大大減少，處理愛情和傳統抒情詩主題的詩作佔了相當可觀的篇幅。一九五七年，《呼喚雪人》出版，至此她已完全拋開官方鼓吹的政治主題，找到了自己的聲音，觸及人與自然、人與社會、人與歷史、人與愛情的關係。在〈布魯各的兩隻猴子〉一詩❷，辛波絲卡將它們和正在接受人類學考試的人類置於平行的位置，透露出她對自然萬物的悲憫，認為它們在地球的處境並不比人類卑微，亦有論者將此詩詮釋為對史達林統治時期高壓政治的嘲諷。然而，儘管現實世界存有缺憾，人間並非完美之境，但辛波絲卡認為生命仍值得眷戀。在〈未進行的喜馬拉雅之旅〉一詩，辛波絲卡無意以喜馬拉雅為世外桃源，反而呼喚雪人（Yeti，傳說住在喜馬拉雅山），要他歸返悲喜、善惡、美醜並存的塵世。在〈企圖〉一詩，她重新詮釋波蘭極著名的一首情歌〈甜美的短歌〉：「你走上山坡，我走過山谷。你將盛開如玫瑰，我將長成一株雪球樹……」道出她對生命的認知——渴望突破現狀，卻也樂天知命地接納人類宿命的侷限。

在一九六二年出版的《鹽》裡，我們看到她對新的寫作方向進行更深、更廣的探索。她既是孤高的懷疑論者，又是慧黠的嘲諷能手。她喜歡用全新的、質疑的眼光去觀看事物；她拒絕濫情，即便觸及愛情的主題，讀者會發現深情的背後總有一些反諷、促狹、幽默的影子。她企圖在詩作中對普遍人世表達出一種超然的同情。在〈博物館〉，辛波絲卡對人類企圖抓住永恆的徒然之舉發出噫歎；生之形貌、聲音和姿態顯然比博物館裡僵死的陳列品更有情有味、更有聲有色。在〈不期而遇〉，她藉大自然動物的意象，精準有力、超然動人地道出老友相逢，卻見當年豪情壯志被歲月消蝕殆盡的無奈，以及離久情疏的生命況味。在〈金婚紀念日〉，她道出美滿婚姻的神話背後的陰影——長期妥協、包容的婚姻磨蝕了一個人的個性特質，也抹煞了珍貴的個別差異：「性別模糊，神祕感漸失，／差異交會成雷同，／一如所有的顏色都褪成了白色。」

一九六七年，《一百個笑聲》出版，這本在技巧上強調自由詩體，在主題上思索人類在宇宙處境的詩集，可說是她邁入成熟期的作品。一九七二年出版的《可能》，和一九七六年的《巨大的數目》更見大師風範。在一九七六年之前的三十年創作生涯中，辛波絲卡以質代量，共出版了一百八十首詩，其中只有一百四十五首是她自認成熟之作，她對作品要求之嚴由此可見一斑。在辛波絲卡的每一本詩集中，幾乎都可以看到她追求新風格、嘗試新技法的用心。誠如她在〈巨大的數目〉一詩裡所說：「地球上住著四十億人，／但是我的想像依然故我。／它和巨大的數目格格不入。／個人質素仍是其動力。」的確，在其寫作生涯中，她的題材始終別具一格：微小的生物，常人忽視的物品，邊緣人物，日常習慣，被遺忘的感覺。她敏於觀察，往往能自日常生活汲取喜悅，以簡單的語言傳遞深刻的思想，以小隱喻開啟廣大的想像空間，寓嚴肅於幽默、機智，是以小搏大，舉重若輕的語言大師。辛波絲卡用字精鍊，詩風清澈、明朗，詩作優游從容、坦誠直率，沉潛之中頗具張力，享有「詩界莫札特」的美譽。然而她平易語言的另一面藏有犀利的刀鋒，往往能夠為讀者劃開事物表象，挖掘更深層的生命現象，為習以為常的事物提供全新的觀點，教讀者以陌生的眼光去看熟悉的事物。

在〈恐怖份子，他在注視〉一詩，辛波絲卡以冷靜得幾近冷漠的筆觸，像架設在對街的攝影機，忠實地呈現定時炸彈爆炸前四分鐘酒吧門口的動態——她彷彿和安置炸彈的恐怖份子一起站在對街，冷眼旁觀即將發生的悲劇。辛波絲卡關心恐怖手段對無辜民眾無所不在的生命威脅，但她知道無言的抗議比大聲疾呼的力量更強而有力。她讓敘述者的冷淡和事件的緊迫性形成了強烈的對比，讀者的心情便在這兩股力量的拉鋸下，始終處於焦灼不安的狀態，詩的張力於是巧妙地產生了。在

〈聖殤圖〉，辛波絲卡以同情又略帶嘲諷的語調，將政治受難英雄的母親塑造成媒體的受害者。兒子受難，母親卻得因為追悼人潮的湧入和探詢，時時刻刻——接受訪問，上電視或廣播，甚至參與電影演出——重溫痛苦的回憶，一再複述兒子殉難的場景。然而傷痛麻木之後，自己的故事似乎成了別人的故事。母親流淚，究竟是因為喪子之慟仍未撫平，還是因為弧光燈太強？是個值得玩索的問題。而在〈隱居〉一詩，辛波絲卡拋給我們另一個問題。有這麼一位隱士：「住在漂亮的小樺樹林中／一間有花圃的小木屋裡。／距離高速公路十分鐘，／在一條路標明顯的小路上。」他忙著接待各地的訪客，樂此不疲地說明自己隱居的動機，愉快地擺姿勢接受拍照。令人不禁懷疑：他真正喜歡的是粗陋孤寂的隱居生活，還是隱居所獲致的邊際效益——他人的讚歎和仰慕所引發的自我膨脹和虛榮的快感？此詩以幽默、戲謔的輕鬆口吻，探討與人性相關的嚴肅主題，這正是辛波絲卡詩作的重要特色，一如〈在一顆小星星底下〉末兩行所揭示的：「啊，言語，別怪我借用了沉重的字眼，／卻又費心勞神地使它們看似輕鬆。」這或許也是辛波絲卡能夠成為詩壇異數——作品嚴謹卻擁有廣大讀者群——的原因吧！

身為女性詩人，辛波絲卡鮮少以女性問題為題材，但她不時在詩作中流露對女性自覺的關心。在〈一個女人的畫像〉，辛波絲卡為讀者描繪出一個為愛改變自我、為愛無條件奉獻、因愛而堅強的女人。愛的枷鎖或許讓她像「斷了一隻翅膀的麻雀」，但愛的信念賜予她夢想的羽翼，讓她能扛起生命的重擔。這樣的女性特質和女性主義者所鼓吹的掙脫父權宰制、尋求解放的精神有著極大的衝突，但辛波絲卡只是節制、客觀地敘事，語調似乎肯定、嘲諷兼而有之。她提供給讀者的只是問題的選項，而非答案。對辛波絲卡而言，性別並不重要；個人如何在生命中為自己定位才是她所關心的。

人與自然的關係也是辛波絲卡關注的主題。在她眼中，自然界充滿著智慧，是豐沃且慷慨的，多變又無可預測的：細體自然現象對人類具有正面的啟示作用。她對人類在大自然面前表現出的優越感和支配慾望，頗不以為然。她認為人類總是過於渲染自身的重要性，將光環籠罩己身而忽略了周遭的其他生命；她相信每一種生物的存在都有其必然的理由，一隻甲蟲的死亡理當受到和人類悲劇同等的悲憫和尊重（〈俯視〉）。窗外的風景本無色，無形，無聲，無臭，又無痛；石頭無所謂大小；天空本無天空；落日根本未落下。自然萬物無需名字，無需人類為其冠上任何意義或譬喻；它們的存在是純粹的，是自身俱足而不假外求的（〈一粒沙看世界〉）。人類若無法真誠地融入自然而妄想窺探自然的奧祕，必定不得其門而入（〈與石頭交談〉）。理想的生活方式其實垂手可得，天空是可以無所不在的——只要與自然合而為一，只要「一扇窗減窗台，減窗框，減窗玻璃。／一個開口，不過如此，／開得大大的」。當人類與自然水乳交融時，高山和山谷、主體和客體、天和地、絕望和狂喜的明確界線便不復存在，世界不再是兩極化事物充斥的場所，而是一個開放性的空間（〈天空〉，收錄於一九九三年出版的詩集《結束與開始》）。

辛波絲卡閱讀的書籍範疇極廣，她擔任克拉科夫《文學生活》週刊編輯將近三十年（1953-1981），撰寫一個名為「非強制閱讀」的書評專欄。一九六七到一九七二年間，她評介了一百三十本書，而其中文學以外的書籍佔了絕大的比例，有通俗科學（尤其是關於動物方面的知識性書籍）、辭書、百科全書、歷史書、心理學、繪畫、哲學、音樂、幽默文類、工具書、回憶錄等各類書籍。這麼廣泛的閱讀觸發了她多篇詩作的意念和意象。辛波絲卡曾數次於書評和訪談中對所謂的「純粹詩」表示懷疑。在一篇有關波特萊爾的書評裡，她寫道：「他取笑那些在詩中稱頌避雷針的詩人。這樣的詩或許稍顯遜色，但在今日，這個主題和任何事物一樣，都可以成為絕佳的精神跳板。」辛波絲卡認為詩人必須能夠也應該自現實人生取材；沒有什麼主題是「不富詩意」的，沒有任何事物是不可以入詩的。從她的詩作，我們不難看出她對此一理念的實踐：她寫甲蟲、石頭、動物、植物、沙粒、天空；她寫安眠藥、履歷表、衣服；她寫電影、畫作、劇場；她寫戰爭、葬禮、色情文學、新聞報導；她也寫夢境、仇恨、定時炸彈、恐怖份子。辛波絲卡對事物有敏銳的洞察力，因此她能將詩的觸角伸得既廣闊且深遠。對辛波絲卡而言，詩具有極大的使命和力量，一如她在〈寫作的喜悅〉中所下的結語：「寫作的喜悅。／保存的力量。／人類之手的復仇。」詩或許是人類用來對抗有限人生和缺憾現實的一大利器。詩人在某種程度上和「特技表演者」有相通之處：缺乏羽翼的人類「以吃力的輕鬆，／以堅忍的機敏，／在深思熟慮的靈感中」飛翔。詩，便是詩人企圖緊握「搖晃的世界」所抽出的「新生的手臂」；詩，便是在夢想與現實間走索的詩人企圖藉以撐起浮生的一根竿子。

一九七六年之後，十年間未見其新詩集出版。一九八六年《橋上的人們》一出，遂格外引人注目。令人驚訝的是，這本詩集竟然只有二十二首詩作，然而篇篇佳構，各具特色，可說是她詩藝的高峰。在這本詩集裡，她多半以日常生活經驗為元素，透過獨特的敘述手法，多樣的詩風，錘鍊出生命的共相，直指現實之荒謬、侷限，人性之愚昧、妥協。

〈葬禮〉一詩以三十五句對白組成，辛波絲卡以類似荒謬劇的手法，讓觀禮者的話語以不合邏輯的順序穿梭、流動、交錯，前後句之間多半無問答之關聯，有些在本質上甚至是互相衝突的。這些對白唯一的共通點是——它們都是生活的聲音，瑣碎、空洞卻又是真實生命的回音。在本該為死者哀慟的肅穆葬禮上，我們聽到的反而是生者的喧嘩。藉著這種實質和形式之間的矛盾，辛波絲卡呈現出真實的生命形貌和質感，沒有嘲諷，沒有苛責，只有會心的幽默和諒解。

在〈寫履歷表〉一詩，辛波絲卡則以頗為辛辣的語調譏諷現代人功利導向的價值觀——將一張單薄的履歷表和一個漫長、複雜的人生畫上等號，企圖以一份空有外在形式而無內在價值的資料去界定一個人，企圖以片面、無意義的具體事實去取代生命中諸多抽象、無以名之的美好經驗。然而，這樣的荒謬行徑卻在現代人不自覺的實踐中，成為根深蒂固的生活儀式，詩人為我們提出了警訊。

在〈衣服〉一詩中，辛波絲卡不厭其煩地列出不同質料、樣式的衣服名稱，及其相關之配件、設計細節，似乎暗示生命的侷限——再嚴密的設防，也無法阻攔焦慮、心事、病痛、疏離感的滲透。即使抽出了圍巾，在衣服外再裹上一層保護膜，也只是一個蒼涼無效的生命手勢。然而，辛波絲卡對人世並不悲觀。在〈橋上的人們〉，她以日本浮世繪畫家歌川廣重的版畫〈驟雨中的箸橋〉為本，探討藝術家企圖用畫筆攔截時間、擺脫時間束縛的用心。英國詩人濟慈（John Keats, 1795-1821）在〈希臘古甕頌〉一詩裡，曾經對藝術的力量大大禮讚一番，因為它將現實凝結為永恆，並且化解了時間對人類的威脅。辛波絲卡稱歌川廣重為「一名叛徒」，因為他讓「時間受到忽視，受到侮辱」，讓「時間失足倒下」，因為他「受制於時間，卻不願意承認」；企圖以寫作，以「人類之手的復仇」對抗時間與真實人生的詩人，其實是藝術家的同謀、共犯。但辛波絲卡相信，此種與時間對抗的力量不僅蘊藏於藝術品裡，也可以當下體現：有些人，進一步地，在面對現實人生，在接受生命苦難本質的同時，聽到了畫裡頭「雨水的濺灑聲，／感覺冷冷的雨滴落在他們的頸上和背上，／他們注視著橋以及橋上的人們，／彷彿看到自己也在那兒，／參與同樣無終點的賽跑，／穿越同樣無止盡，跑不完的距離，／並且有勇氣相信／這的確如此。」人類（藝術家或非藝術家）的堅毅與想像，支持這孤寂、抽象的長跑一代復一代地延續下去。

辛波絲卡關心政治，但不介入政治。嚴格地說，她稱不上是政治詩人——也因此她的書能逃過官方檢查制度的大剪，得以完整的面貌問世——但隱含的政治意涵在她詩中到處可見。早期詩作〈然而〉（收錄於一九五七年出版的《呼喚雪人》），是辛波絲卡少數觸及第二次世界大戰期間德國殘暴行徑的詩作之一。因此，這首詩格外值得注意——它不但對納粹集體大屠殺的暴行加以譴責，同時也暗指波蘭社會某些人士對猶太人的命運漠不關心。在以德軍佔領期的波蘭為背景的另一首詩作〈可能〉（收錄於一九七二年出版的《可能》），處處可見不安、恐懼、逮捕、驅逐，處死的暗示性字眼。辛波絲卡的宿命觀在此詩可略窺一二：生命無常，在自然界和人類世界，任何事情都可能發生。但是，辛波絲卡的政治嘲諷和機智在〈對色情文學的看法〉一詩中發揮得淋漓盡致。八〇年代的波蘭在檢查制度之下，政治性、思想性的著作斂跡，出版界充斥著色情文學。在這首詩裡，辛波絲卡虛擬了一個擁護政府「以思想箝制確保國家安全」政策的說話者，讓他義正詞嚴地指陳思想問題的嚴重性超乎色情問題之上，讓他滔滔不絕地以一連串的色情意象痛斥自由思想之猥褻、邪惡。但在持續五個詩節嘉年華會式的激情語調之後，辛波絲卡設計了一個反高潮——在冷靜、節制的詩的末段，她刻意呈現自由思想者與志同道合者喝茶、翹腳、聊天的自得和無傷大雅。這樣的設計頓時瓦解了說話者前面的論點，凸顯其對思想大力抨擊之荒謬可笑，也間接對集權國家無所不在的思想監控所造成的生存恐懼，提出了無言的抗議。

辛波絲卡認為生存是天賦人權，理應受到尊重。在〈種種可能〉一詩，她對自己的價值觀、生活品味、生命認知做了相當坦率的表白。從她偏愛的事物，我們不難看出她恬淡自得、自在從容、悲憫敦厚、不道學、不迂腐的個性特質。每個人都是獨立的自主個體，依附於每一個個體的「種種可能」正是人間的可愛之處。透過這首詩，辛波絲卡向世人宣告生命之多樣美好以及自在生存的權利，因為「存在的理由不假外求」。

一九九三年，辛波絲卡出版了新的一冊詩集：《結束與開始》。辛波絲卡的詩不論敘事論理多半直截了當，鮮用意象，曾有人質疑她取材通俗、流於平凡，殊不知正因為如此，她的詩作才具有坦誠直率的重要特質。這份坦直也吸引了名導演奇士勞斯基（Krzysztof Kieslowski）：

一九九三年，我在華沙過聖誕。天氣爛透了，不過賣書的攤販已擺出攤子做生意。我在其中一個書攤上發現了一小本辛波絲卡的詩集。她是Roman Gren 最喜歡的詩人——Roman Gren是《三顏色》的譯者。我買下這本書，打算送給他。辛波絲卡和我從未碰過面；我不知道我們是否有共通的朋友。就在我胡亂翻閱這本書的時候，我看到了〈一見鍾情〉。這首詩所表達的意念和《紅》（即《紅色情深》）這部電影十分相近。於是我決定自己留下這本詩集。

在〈一見鍾情〉這首詩，我們看到人與人之間的微妙關係。兩個素昧平生的人偶然相識，擦出火花，然而這真的是第一次交會嗎？在此之前，或許兩人曾經因緣際會「擦肩而過一百萬次了」——在人群中，撥錯的電話中，經過旋轉門的時候，在機場接受行李檢查的時候；一片飄落的葉子，一個消失於灌木叢中的球，或一個類似的夢境，都可能是連結人與人之間的扣環。有了這層體認，我們便可用全新的角度去看待疏離的人際關係，並且感受到一絲暖意和甜蜜。

在〈有些人喜歡詩〉這首詩裡，辛波絲卡如是寫道：

有些人——

那表示不是全部。

甚至不是全部的大多數，
而是少數。
倘若不把每個人必上的學校
和詩人自己算在內，
一千個人當中大概
會有兩個吧。

喜歡——
不過也有人喜歡
雞絲麵湯。
有人喜歡恭維
和藍色，
有人喜歡老舊圍巾，
有人喜歡證明自己的論點，
有人喜歡以狗為寵物。

詩——

然而詩究竟是怎麼樣的東西？
針對這個問題
人們提出的不確定答案不只一個。
但是我不懂，不懂
又緊抓著它不放，
彷彿抓住了救命的欄杆。

這也許不是一個詩的時代——或者，從來就未曾有過詩的時代——但人們依舊寫詩、讀詩，詩依舊存活著，並且給我們快樂與安慰，對許多人而言，詩真的像「救命的欄杆」。辛波絲卡是懂得詩和生命的況味的，當她這樣說：「我偏愛寫詩的荒謬／勝過不寫詩的荒謬。」

❶今為科尼克（Kórnik）一部分。
❷布魯各（Brueghel），為十六世紀法蘭德斯畫家，畫作常寓道德與教誨意味，〈兩隻猴子〉為其一五六二年油畫，現藏於柏林達雷姆美術館，畫中二猴被鐵鍊拴於窗台，窗外為安特衛普港口及街景。

目錄

辛波絲卡

輯六・橋上的人們（1986）

輯七・結束與開始（1993）

輯八・瞬間（2002）

輯一

呼喚雪人

1957

企圖

噢，甜美的短歌，你真愛嘲弄我，
因為我即便爬上了山丘，也無法如玫瑰盛開。
只有玫瑰才能盛開如玫瑰，別的不能。那無庸置疑。

我企圖生出枝葉，長成樹叢。
我屏住呼吸——為求更快蛻化成形——
等候自己開放成玫瑰。

甜美的短歌啊，你對我真是無情：
我的軀體獨一無二，無可變動，
我來到這兒，徹徹底底，只此一遭。

有玩具氣球的靜物畫

臨死之前
我不喚回記憶，
我要召回
逝去的事物。

穿過門窗——雨傘，
手提箱，手套，外套，
這樣我可以說：
那些對我有何用處？

安全別針，這把梳子或那把梳子，
紙玫瑰，細繩，刀子，
這樣我可以說：
一切無憾矣。

不管你在哪裡，鑰匙啊，
設法準時到達，
這樣我可以說：
全都生鏽了，親愛的朋友，生鏽了。

如雲的證明文件將降臨，
如雲的招待券和問卷，
這樣我可以說：
太陽下山了。

噢手錶，游出河流，
讓我握著你，
這樣我可以說：
別再假裝報時了。

因風鬆脫的玩具氣球
會再度出現，
這樣我可以說：
這兒沒有孩童。

從洞開的窗口飛離，
飛入寬廣的世界，
讓人驚呼：「啊！」
這樣我可以哭泣。

布魯各的兩隻猴子

我不停夢見我的畢業考試：
窗台上坐著兩隻被鐵鍊鎖住的猴子，
窗外藍天流動，
大海濺起浪花。

我正在考人類史：
我結結巴巴，掙扎著。

一隻猴子，眼睛盯著我，諷刺地聽著，
另一隻似乎在打瞌睡——
而當問題提出我無言以對時，
他提示我，
用叮噹作響的輕柔鐵鍊聲。

然而

在密封的廂型車裡
名字們旅行過大地，
它們要如此旅行多遠，
它們究竟出不出得去，
別問，我不會說，我不知道。

納坦這個名字用拳頭擊打牆壁，
伊薩克這個名字，瘋了，高聲歌唱，
莎拉這個名字大叫要水喝因為

亞倫這個名字快渴死了。

移動時別跳，大衛這個名字。
你是一個註定失敗的名字，
無人取用，無家可歸，
過於沉重致使大地無法承載。

給你的兒子取個斯拉夫名字，
因為在這兒他們計數頭上的頭髮，
因為在這兒他們以名字和眼皮的形狀
分辨好壞。

移動時別跳。你的兒子會叫李奇。
移動時別跳。時候未到。

別跳。夜發出笑聲般的回音
模仿車輪在軌道上的碰撞聲。

一朵由人做成的雲移動過大地，
雲大雨小，一滴淚，
一場小雨——一滴淚，一個旱季。
軌道向黑森林內伸展。

車輪可對可對地發著聲響。無空地的森林。
可對，可對。噪音的護送部隊穿過森林。
可對，可對。夜裡醒來我聽見
可對，可對，寂靜碰撞寂靜的聲音。

未進行的喜馬拉雅之旅

啊，這些就是喜馬拉雅了。
奔月的群峰。
永遠靜止的起跑
背對突然裂開的天空。
被刺穿的雲漠。
向虛無的一擊。
回聲——白色的沉默，
寂靜。

雪人，我們這兒有星期三，
ABC，麵包
還有二乘二等於四，

還有雪融。
玫瑰是紅的，紫羅蘭是藍的，
糖是甜的，你也是。

雪人，我們這兒有的
不全然是罪行。
雪人，並非每個字
都是死亡的判決。

我們繼承希望——
領受遺忘的天賦。
你將看到我們如何在
廢墟生養子女。

雪人，我們有莎士比亞。

雪人，我們演奏提琴。
雪人，在黃昏
我們點起燈。

那高處——既非月，亦非地球，
而且淚水會結凍。
噢雪人，半個月球人，
想想，想想，回來吧！

如是在四面雪崩的牆內
我呼喚雪人，
用力跺腳取暖，
在雪上
永恆的雪上。

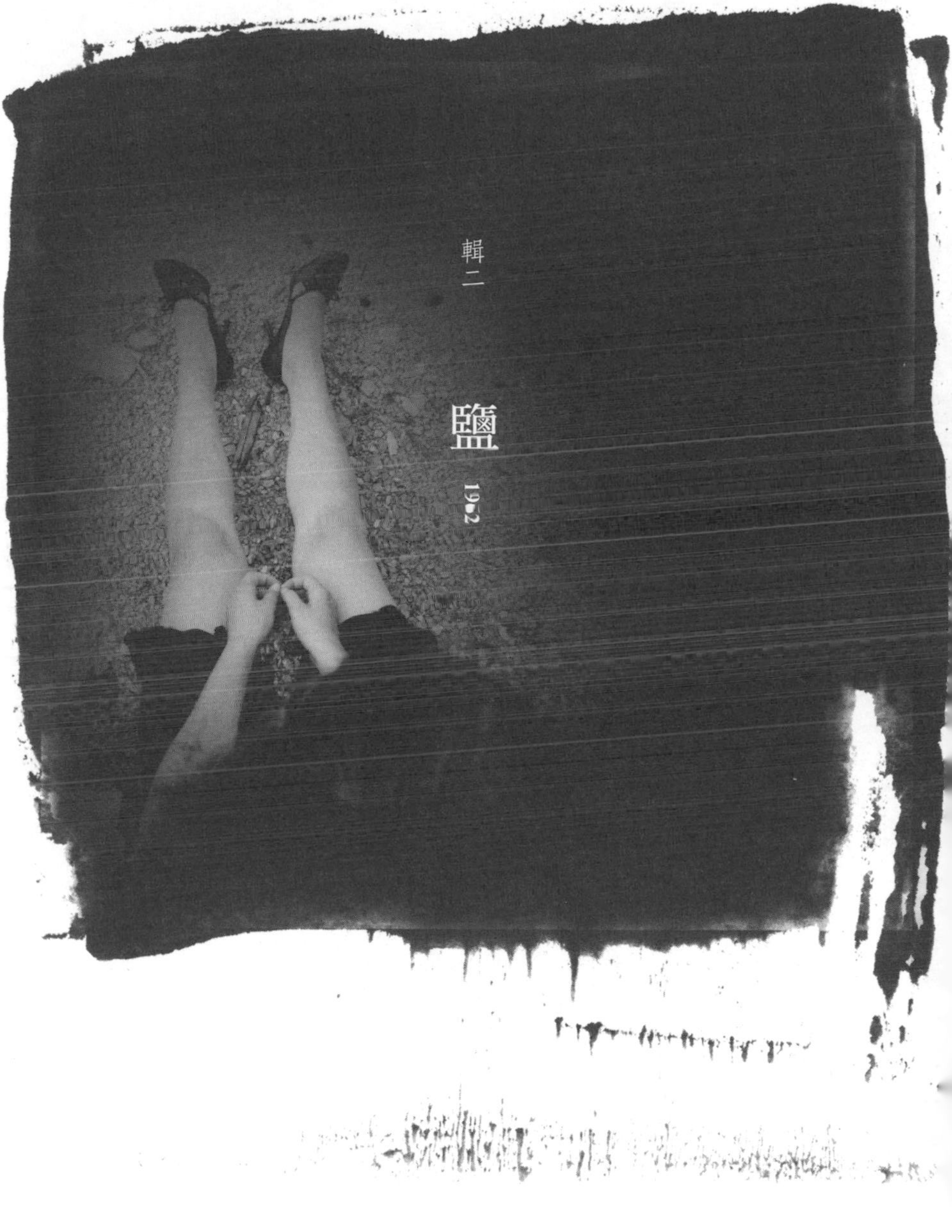

輯二

鹽

19■2

博物館

這裡有餐盤而無食慾。
有結婚戒指，然愛情至少已三百年
未獲回報。

這裡有一把扇子——粉紅的臉蛋哪裡去了？
這裡有幾把劍——憤怒哪裡去了？
黃昏時分魯特琴的弦音不再響起。

因為永恆缺貨
一萬件古物在此聚合。
土裡土氣的守衛美夢正酣，
他的短髭撐靠在展示櫥窗上。

金屬，陶器，鳥的羽毛
無聲地慶祝自己戰勝了時間。
只有古埃及黃毛丫頭的髮夾嗤嗤傻笑。

王冠的壽命比頭長。
手輸給了手套。
右腳的鞋打敗了腳。

至於我，你瞧，還活著。
和我的衣服的競賽正如火如荼進行著。
這傢伙戰鬥的意志超乎想像！
它多想在我離去之後繼續存活！

旅行輓歌

全都是我的，但無一為我所有，
無一為記憶所有，
只有在注視時屬於我。

女神的雕像重現腦海，立刻又懷疑
她們的頭配錯了軀幹。

屬於莎摩可夫鎮[1]的，除了雨水
還是雨水。

巴黎，從羅浮宮到指甲，
被一層白翳所籠罩。

聖馬丁林蔭大道：階梯雖在
然通向烏有。

多橋的列寧格勒
只不過一座半座橋。

可憐的烏普沙拉❷，
大教堂沒落成碎片。

索非亞❸命運多舛的舞者，
一具沒有臉孔的軀體。

分離——他的臉沒有了眼睛，
分離——他的眼睛沒有了瞳孔，
分離——貓的瞳孔。

高加索的老鷹翱翔
於重新組合的大峽谷上方，
摻了雜質的金色陽光
偽造的石頭。

全都是我的，但無一為我所有，
無一為記憶所有，
只有在注視時屬於我。

無數，無窮，
但一絲一毫皆各有其特色，
沙粒，水滴
——風景。

我無法鮮明真確地記住
一片葉子的輪廓。

問候與道別
在匆匆一瞥間。

過與不及，
脖子的一次轉動。

❶莎摩可夫鎮——索非亞附近的一個小鎮（約有一萬人口），在十九世紀保加利亞文化復興運動扮演重要的角色。辛波絲卡曾於一九五五年到過保加利亞。
❷烏普沙拉——瑞典東部的城市及文化中心。
❸索非亞——保加利亞首都，位於該國西部。

不期而遇

我們彼此客套寒暄，
並說這是多年後難得的重逢。

我們的老虎啜飲牛奶。
我們的鷹隼行走於地面。
我們的鯊魚溺斃水中。
我們的野狼在開著的籠前打呵欠。

我們的毒蛇已褪盡閃電，
猴子——靈感，孔雀——羽毛。
蝙蝠——距今已久——已飛離我們髮間。

在交談中途我們啞然以對，
無可奈何地微笑。
我們的人
無話可說。

金婚紀念日

他們一定有過不同點，
水和火，一定有過天大的差異，
一定曾互相偷取並且贈與
情慾，攻擊彼此的差異。
緊緊摟著，他們竊用、徵收對方
如此之久
終至懷裡擁著的只剩空氣——
在閃電離去後，透明清澄。

某一天，問題尚未提出便已有了回答。
某一夜，他們透過沉默的本質，
在黑暗中，猜測彼此的眼神。

性別模糊，神祕感漸失，
差異交會成雷同，
一如所有的顏色都褪成了白色。

這兩人誰被複製了，誰消失了？
誰用兩種笑容微笑？
誰的聲音替兩個聲音發言？
誰為兩個頭點頭同意？
誰的手勢把茶匙舉向唇邊？
誰是剝皮者，誰被剝了皮？
誰依然活著，誰已然逝去
糾結於誰的掌紋中？

漸漸的，凝望有了孿生兄弟。

熟稔是最好的母親——
不偏袒任何一個孩子，
幾乎分不清誰是誰。

在金婚紀念日，這個莊嚴的日子，
他們兩人看到一隻鴿子飛到窗口歇腳。

寓言

幾個漁人從海底撈起一個瓶子。裡面有一小片紙，上面寫著：「誰啊，救我！大海把我拋擲到荒島。我正站在岸上等候救助。趕快。我在這裡！」

「沒有日期。現在去一定太晚了。瓶子可能已經在海上漂流很久了。」第一個漁人說。

「而且沒有標明地方。我們甚至不知道是哪一座海。」第二個漁人說。

「既不會太晚也不會太遠。這個名叫『這裡』的島嶼無處不在。」第三個漁人說。

他們咸感不安。寂靜落下。所有普遍性的真理皆如此。

魯本斯❶的女人

女巨人，雌性的動物，
赤裸一如木桶隆隆作響。
她們伸開手腳躺臥塌陷的床上，
在睡夢中張嘴咯笑。
她們的眼睛已遁入深處
並且向腺體的核心滲透——
酵母由此滲入血液。

巴洛克的女兒。麵團在揉麵缽發酵，
洗澡水熱氣蒸騰，酒散發出紅寶石的光芒，
乳豬狀的雲朵奔馳過天空，
勝利的喇叭鳴響肉慾的警報。

啊成熟的瓜果，啊極度的豐滿，
因褪去衣衫而倍加鼓脹，
因狂野的姿勢而三重圓潤，
你們這些豐盛的愛的佳餚。

她們苗條的姊妹，早在
畫裡天破曉之前即已起床。
沒有人注意到她們如何，成一列縱隊地，
移動至畫布未塗繪的一側。

被風格所放逐。她們的肋骨一覽無遺，
她們的手腳彷彿鳥類。
欲乘瘦削的肩胛骨飛去。

若在第十二世紀她們會有金黃的背景，

在第二十世紀——一張銀幕。
十七世紀則未給平坦的胸部添加任何東西。

因為現在連天空都是凸起的，
天使凸起，神祇凸起——
蓄短髭的太陽神汗流浹背地
策馬進入騷動的神龕。

❶魯本斯（Rubens, 1577-1640）為法蘭德斯畫家、版畫家，擅長宗教、神話、歷史和風俗畫，亦精於肖像畫及風景畫。他以強勁的構圖，明暗的對比，以及色彩的強調創造流動性的空間；他畫筆下的女人豐滿圓潤，體態靈動，充分表現出官能之美和活力。

墓誌銘

這裡躺著，像逗點般，一個
舊派的人。她寫過幾首詩，
大地賜她長眠，雖然她生前
不曾加入任何文學派系。
她墓上除了這首小詩，牛蒡
和貓頭鷹外，別無其他珍物。
路人啊，拿出你提包裡的電腦，
思索一下辛波絲卡的命運。

巴別塔

「幾點了？」「噢，我好快樂；
我只需要一個小鈴鐺掛在脖子上
在你睡覺時叮噹作響。」
「你沒聽到暴風雨的聲音嗎？北風撼動
牆壁；塔門，像獅子的胃，
倚著嘎嘎作響的鉸鍊打呵欠。」「你怎麼
可以忘記？我那天穿著肩膀上有鈕鉤的
素灰色洋裝。」「當時
無數次爆炸震撼天空。」「我怎能
進來？畢竟你房裡還有別人。」「我瞥見
比視覺本身更古老的顏色。」「真遺憾
你不能答應我。」「你說對了，那一定是

場夢。」「為什麼要騙我，為什麼把我
叫成她；你仍然愛著她嗎？」「當然，
我要你在我身邊。」「我沒理由
抱怨；我自己早該想到的。」
「你仍想念他嗎？」「但是我沒哭。」
「只有這些？」「只有你一人。」
「至少你是誠實的。」「別擔心，
我要出城去了。」「別擔心，
我會去的。」「你的手好美。」
「那是陳年舊事了；刀刃穿透
但未傷及骨頭。」「沒關係，親愛的，
沒關係。」「我不知道
現在幾點鐘，我也不在乎。」

與石頭交談

我敲了敲石頭的前門。
「是我，讓我進去。
我想進到你裡面，
四處瞧瞧，
飽吸你的氣息。」

「走開，」石頭說。
「我緊閉著。
即使你將我打成碎片，
我們仍是關閉的。
你可以將我們磨成沙礫，
我們依舊不會讓你進來。」

我敲了敲石頭的前門。
「是我，讓我進去。
我來是出於真誠的好奇。
唯有生命才能將它澆熄。
我打算先逛遍你的宮殿，
再走訪葉子，水滴。
我的時間不多。
我終必一死的命運該可感動你。」

「我是石頭做的，」石頭說，
「因此必須板起臉孔。
走開。
我沒有肌肉可以人笑。」

我敲了敲石頭的前門。
「是我，讓我進去。
聽說你體內有許多空敞的大廳，
無人得見，徒具華美，
無聲無息，沒有任何腳步的回聲。
招認吧，你自己也不甚清楚。」

「的確，又大又空，」石頭說，
「但沒有任何房間。
華美，但不合你那差勁官能的胃口。
你或有機會結識我，但你永遠無法徹底了解我。
你面對的是我的外表，
我的內在背離你。」

我敲了敲石頭的前門。

「是我，讓我進去。
我並非要尋求永恆的庇護。
我並非不快樂。
我並非無家可歸。
我的世界值得我回去。
我將空手而入，空手而出。
我將只用言語
證明我曾到訪，
沒有人會相信此事。」

「我不會讓你進入，」石頭說，
「你缺乏參與感。
其他的感官都無法彌補你失去的參與感。
即使視力提升到無所不能見的地步，
對你並無用處，如果少了參與感。

我不會讓你進入，你只略知此感為何物，
只得其種子，想像。」

我敲了敲石頭的前門。
「是我，讓我進去。
我沒有二十萬年的壽命，
所以請讓我到你的屋簷底下。」

「如果你不相信我，」石頭說，
「去問問葉子，它會告訴你同樣的話。
去問水滴，它會說出葉子說過的話。
最後再問問你自己頭上的毛髮。
我真想大笑，是的，大笑，狂笑，
雖然我不知道如何大笑。」

我敲了敲石頭的前門。

「是我，讓我進去。」

「我沒有門。」石頭說。

輯三

一百個笑聲

1967

寫作的喜悅

被書寫的母鹿穿過被書寫的森林奔向何方？
是到複寫紙般複印她那溫馴小嘴的
被書寫的水邊飲水嗎？
她為何抬起頭來，聽到了什麼聲音嗎？
她用向真理借來的四隻脆弱的腿平衡著身子，
在我手指下方豎起耳朵。
寂靜——這個詞也沙沙作響行過紙張
並且分開
「森林」這個詞所萌生的枝椏。

埋伏在白紙上方伺機而躍的
是那些隨意組合的字母，

團團相圍的句子，
使之欲逃無路。

一滴墨水裡包藏著為數甚夥的
獵人，瞇著眼睛，
準備撲向傾斜的筆，
包圍母鹿，瞄準好他們的槍。

他們忘了這並非真實人生。
另有法令，白紙黑字，統領此地。
一瞬間可以隨我所願盡情延續，
可以，如果我願意，切分成許多微小的永恆，
佈滿暫停飛行的子彈。
除非我發號施令，這裡永不會有事情發生。
沒有葉子會違背我的旨意飄落，

沒有草葉敢在蹄的句點下自行彎身。

那麼是否真有這麼一個
由我統治、唯我獨尊的世界？
真有讓我以符號的鎖鍊綑住的時間？
真有永遠聽命於我的存在？

寫作的喜悅。
保存的力量。
人類之手的復仇。

家族相簿

我的家族裡沒有人曾經為愛殉身過。
事情發生，發生，卻無任何染有神話色彩之事。
肺結核的羅密歐？白喉病的茱麗葉？
有些甚至活到耄耋之年。
他們當中沒有半個受過單戀之苦，
滿紙涕淚而不被回信！
到頭來鄰居們總是手捧玫瑰，
戴著夾鼻眼鏡出現。
不曾在典雅雕飾的衣櫃裡被勒殺

當情婦的丈夫突然回來！
那些緊身胸衣，那些圍巾，那些荷葉邊
把他們全都框進照片裡。
他們心中沒有波希畫的地獄景象！
沒有拿著手槍急衝進花園的畫面！
（他們因腦袋中彈而死，但是為了其他理由
並且是在戰地擔架上。）
即使那位綰著迷人之髻，黑色眼圈
彷彿依著球畫成的婦人
血流不止地飛奔而去
不是向你，舞伴，也不是出於憂傷。
也許有人，在很久以前，在照相術未發明前——
但相簿裡一個也沒有——就我所知一個也沒有。
哀愁自我解嘲，日子一天接一天過，
而他們，受慰問後，將因流行性感冒而消瘦。

聖殤像❶

在英雄誕生的小鎮，你可以：
參觀紀念碑，稱頌它的宏偉，
用噓聲將兩隻母雞趕下廢棄的博物館的階梯，
查詢英雄之母的住處，
敲叩並推開吱咯作響的門。
她挺直身子，頭髮直梳，眼睛明澈。
你可以說我來自波蘭。
客套一番。大聲而清楚地發問。
是的，她曾經深愛著他。是的，他天生如此。

是的，當時她就站在監獄的圍牆邊。
是的，她聽到子彈齊發。
可惜未帶錄音機
和攝影機。是的，她親歷這種種。
在廣播時她唸了他最後的一封信。
在電視上她哼唱了舊日的搖籃曲。
有一回她還在電影中演出，流淚，
因為弧光燈太強。是的，回憶感動了她。
是的，她有點累了。是的，事情總會過去的。
你可以站起來。致謝。道別。離去，
與下一批觀光客擦身而過。

❶原詩名Pieta，義大利文，悲傷之意，是聖母將死去的基督抱在膝上的一種圖像。此詩所提到的雕像是辛波絲卡於一九五五年走訪保加利亞所見。雕像中的母親是五〇年代以「瓦普查若瓦之母」聞名於蘇聯國家的婦人。其子尼可拉·瓦普查若瓦（Nikola Vaptsarov,1909-1942）是一名工人，也是著名的詩人。第二次世界大戰期間，他投身地下活動；一九四二年七月遭親納粹的保加利亞政權處死。瓦普查若瓦的母親住在希臘邊境附近的皮芮山區；五〇年代，該地成為文人政要保加利亞之行必經之地。

越南

婦人，你叫什麼名字？——我不知道。
你生於何時，來自何處？——我不知道。
你為什麼在地上挖洞？——我不知道。
你在這裡多久了？——我不知道。
你為什麼咬友誼之手？——我不知道。
你不知道我們不會害你嗎？——我不知道。
你站在哪一方？——我不知道。
戰爭正進行著，你必須有所選擇。——我不知道。
你的村子還存在嗎？——我不知道。
這些是你的孩子嗎？——是的。

一部六〇年代的電影

那個成年男子。居住在我們這個地球。
一百億個神經細胞。
每三百公克的心臟有五公升的血液。
一個經過三十億年才成形的物體。

起初他以小男孩的外形登場。
這男孩會把頭擱放在姑媽的膝上。
小男孩哪裡去了？膝蓋哪裡去了？
小男孩長大了。啊，一切都不同了。

那些鏡子像人行道一樣殘忍光滑。
昨天他輾過一隻貓。是的，那是個好主意。
那隻貓從時代的地獄放出來。
汽車裡的女孩對他拋了個媚眼。
不，那些膝蓋不是他要的類型。
他真的寧可在沙灘上四處躺躺。
他和這個世界無共通之處。
他像水罐上崩落的把耳，
雖然水罐渾然不覺地繼續盛著水。
這真讓人驚駭。有人還繼續工作。
房子已經蓋好。門把已經刻好。
樹已種下。馬戲團仍然繼續演出。
整體渴望凝聚，雖然它由斷片組成。
厚重如膠水**這些是給萬物的淚**。
但那一切只是背景，只是邊襯。

可怖的黑暗在他心中，黑暗中藏著小男孩。

啊幽默之神，想個辦法幫幫他。

啊幽默之神，你一定得想個辦法幫幫他。

特技表演者

從高空鞦韆到
高空鞦韆，在急敲的鼓聲戛然中止
中止之後的靜默中，穿過
穿過受驚的大氣，速度快過
快過身體的重量，再一次
再一次讓身體墜落不成。

獨自一人。或者稱不上獨自一人，
稱不上，因為他有缺陷，因為他缺乏
缺乏翅膀，非常缺乏，
迫使他不得不
以無羽毛的，而今裸露無遮的專注

羞怯地飛翔。

以吃力的輕鬆，
以堅忍的機敏，
在深思熟慮的靈感中。你可看到
他如何屈膝蹲伏以縱身飛躍，你可知道
他如何從頭到腳密謀
與他自己的身體作對；你可看到
他多麼靈巧地讓自己穿梭於先前的形體並且
為了將搖晃的世界緊握在手
如何自身上伸出新生的手臂——

超乎一切的美麗就在此一
就在此一，剛剛消逝的，時刻。

一百個笑聲

所以他要快樂，
所以他要真理，
所以他要永恆，
就看他怎麼做！

他不太能分辨夢想與現實，
僅能勉強弄清他便是他，
勉強成形，有了從鰭、從打火石、
從火箭蛻變而成的手，
很容易溺斃於一茶匙的海水，
甚至不夠好笑，無法讓空虛發出笑聲，
他用眼睛僅能視物，

他用耳朵僅能聽音，
他那公式化的陳述從來不乏猶疑，
他讓論點互別苗頭，
總而言之：他幾乎是個無名小卒，
但滿腦子自由、無所不知、超越
愚蠢肉體的想法，
就看他怎麼做！

因為他似乎真的存在，
的確位居某一顆
較地域性的星星[1]底下。
他自有他的活力、衝勁。
做為水晶劣質的後代——
他領受奇蹟的能耐已頗有增長。
想及他與牛群周旋的可憐的童年，

他如今算是十分具有個性。
就看他怎麼做！

請繼續這優良事蹟，即使只持續一會兒，
只是渺小銀河一眨眼的瞬間。
我們總算對他的未來
有了粗淺的概念，因為現在他已具雛形。
他的確不屈不撓。
非常的不屈不撓——誰都無法否認。
鼻上的鼻環，身上的寬鬆外袍，羊毛衫。
一百個笑聲，不管你怎麼說，
可憐的小東西。
一個千真萬確的人。

❶在辛波絲卡的詩裡，「星星」與「小星星」（如〈在一顆小星星底下〉一詩）幾乎是太陽的同義詞。

輯四

可能

1972

可能

事情本來會發生。
事情一定會發生。
事情發生得早了些。晚了些。
近了些。遠了些。
事情沒有發生在你身上。

你倖存，因為你是第一個。
你倖存，因為你是最後一個。
因為你獨自一人。因為有很多人。
因為你左轉。因為你右轉。
因為下雨。因為陰影籠罩。
因為陽光普照。

幸好有座樹林。
幸好沒有樹。
幸好有條鐵道，有個掛鉤，有根橫樑，有座矮樹叢，
有個框架，有個彎道，有一毫米，有一秒鐘。
幸好有根稻草漂浮水面。

多虧，因為，然而，儘管。
會發生什麼事情，若非一隻手，一隻腳，
一步之隔，一髮之差，
湊巧剛好。

所以你在這兒？千鈞一髮後餘悸猶存？
網子上有個小孔，你自中間穿過？
我驚異不已，說不出話來。

你聽，
你的心在我體內跳得多快呀。

劇場印象

我以為悲劇最重要的一幕是第六幕：
自舞台的戰場死者復活，
調整假髮、長袍，
刺入的刀子自胸口拔出，
繩套自頸間解下，
列隊於生者之間
面對觀眾。

個別的和全體的鞠躬：

白色的手放在心的傷口，
自殺的女士屈膝行禮，
被砍落的頭點頭致意。

成雙成隊的鞠躬：
憤怒將手臂伸向順從，
受害者幸福愉悅地注視絞刑吏的眼睛，
反叛者不帶怨恨地走過暴君身旁。

用金色拖鞋的鞋尖踐踏永恆。
用帽子的帽緣掃除道德寓意。
積習難改地隨時打算明天重新開始。

更早死去的那些人成一列縱隊進場，
在第三幕和第四幕，或者兩幕之間。

消失無蹤的那些人奇蹟似地歸來。
想到他們在後台耐心等候，
戲服未脫，
妝未卸，
比長篇大論的悲劇台詞更教我心動。

但真正令人振奮的是布幕徐徐落下，
你仍能自底下瞥見的一切：
這邊有隻手匆忙伸出取花，
那邊另一隻手突然拾起掉落的劍。
就在此時第三隻手，隱形的手，
克盡其責：
一把抓向我的喉嚨。

廣告

我是一顆鎮靜劑，
我居家有效，
我上班管用，
我考試，
我出庭，
我小心修補破裂的陶器——
你所要做的只是服用我，
在舌下溶解我，
你所要做的只是喝一口水，
將我吞下。

我知道如何對付不幸，

如何熬過噩訊，
挫不義的鋒芒，
補上帝的缺席，
幫忙你挑選未亡人的喪服。
你還在等什麼——
對化學的熱情要有信心。

你還只是一位年輕的男／女子，
你真的該設法平靜下來。
誰說
一定得勇敢地面對人生？

把你的深淵交給我——
我將用柔軟的睡眠標明它，
你將會感激

能夠四足落地。

把你的靈魂賣給我。

沒有其他的買主會出現。

沒有其他的惡魔存在。

回家

他回家。一語不發。
顯然發生了不愉快的事情。
他和衣躺下。
把頭蒙在毯子底下。
雙膝蜷縮。
他四十上下，但此刻不是。
他活著——卻彷彿回到深達七層的
母親腹中，回到護衛他的黑暗。
明天他有場演講，談總星系

太空航行學中的體內平衡。
而現在他蜷著身子，睡著了。

失物招領處的談話

我在北上途中遺失了幾個女神，
在西行途中遺失了一些男神。
有幾顆星已永遠失去光芒，無影無蹤。
有一兩座島嶼被我丟失在海上。
我甚至不確知我把爪遺落在何處，
誰披了我的毛皮四處走動，誰住進了我的殼。
當我爬上陸地時，我的兄弟姐妹都死了，
只有我體內的一根小骨頭陪我歡度紀念日。
我已跳出我的皮，揮霍脊椎和腿，

一次又一次地告別我的感官。
我的第三隻眼早已看不見這一切，
我聳動肩上的分枝，我的鰭抽身而退。

遺失了，不見了，散落到四面八方。
我對自己頗感詫異，身上的東西竟然所剩無幾：
一個暫且歸屬人類的單一個體，
昨天遺忘在市區電車上的不過是一把雨傘。

夢之讚

在夢中
我揮毫如威梅爾[1]。
我口吐流利的希臘語
不只對生者。
我開一部
聽命於我的汽車。

我才華橫溢，
寫作既長又偉大的詩篇。

我聽到的聲音
不會比聖者少。

你會驚訝
我鋼琴的技藝。

我真的飄浮在空中，
我是說，獨力完成。

從屋頂掉下
我可以柔軟地降落於綠草上。

我覺得在水底呼吸
一點也不困難。

我沒有怨言：
我成功地發現了亞特蘭提斯。

我很高興在瀕臨死亡時
總能及時醒來。

戰爭一爆發我立即
翻身到我喜歡的一方。

我是，卻無須成為
我時代的產兒。

幾年前
我看到兩個太陽。
而前天一隻企鵝。
絕頂清晰。

❶威梅爾(Jan Vermeer van Delft, 1632-1675)，荷蘭畫家。

在一顆小星星底下

我為稱之為必然向巧合致歉。
倘若有任何誤謬之處，我向必然致歉。
但願快樂不會因我視其為己有而生氣。
但願死者耐心包容我逐漸衰退的記憶。
我為自己分分秒秒疏漏萬物向時間致歉。
我為將新歡視為初戀向舊愛致歉。
遠方的戰爭啊，原諒我帶花回家。
裂開的傷口啊，原諒我扎到手指。
我為我的小步舞曲唱片向在深淵吶喊的人致歉。

我為清晨五點仍熟睡向在火車站候車的人致歉。
被追獵的希望啊，原諒我不時大笑。
沙漠啊，原諒我未及時送上一匙水。
而你，這些年來未曾改變，始終在同一籠中，
目不轉睛盯望著空中同一定點的獵鷹啊，
原諒我，雖然你已成為標本。
我為桌子的四隻腳向被砍下的樹木致歉。
我為簡短的回答向龐大的問題致歉。
真理啊，不要太留意我。
尊嚴啊，請對我寬大為懷。
存在的奧祕啊，請包容我扯落了你衣裾的縫線。
靈魂啊，別譴責我偶爾才保有你。
我為自己不能無所不在向萬物致歉。
我為自己無法成為每個男人和女人向所有的人致歉。

我知道在有生之年我無法找到任何理由替自己辯解，
因為我自己即是我自己的阻礙。
噢，言語，別怪我借用了沉重的字眼，
卻又勞心費神地使它們看似輕鬆。

輯五

巨大的數目

1976

巨大的數目

地球上住著四十億人，
但是我的想像依然故我。
它和巨大的數目格格不入。
個人質素仍是其動力。
一如手電筒的光，它飛掠過黑暗，
只照亮最靠近的幾張臉孔，
其餘則視若無睹地略過，
從未想起，也沒有遺憾。
即便但丁也難免如此。
其他人當然更不用說了。
就算有所有的繆斯做後盾。

我將不會全然死去——過早的憂慮。
但我是不是全然活著，而那樣就夠了嗎？
過去不夠，現在更是不夠。
我選擇我排斥的，因為別無他途，
但遭我排斥的比從前
更多，更密，更嚴苛。
一首小詩，一聲歎息，以難以言喻的損失做為代價。
對這如雷的召喚我以耳語回應。
我沉默地度過多少時日，我不告訴你。
母性的山嶽腳下的一隻老鼠。
生命存留的只是些許沙上的爪痕。

我的夢——即使它們未能，如其所當有的，擁有稠密的人口。
它們擁有的孤寂多過群眾和喧鬧。
有時亡故多時的朋友前來造訪片刻。

一隻孤伶伶的手轉動門把。
回聲的附件瀰漫空屋。
我跑下門階進入一座寧靜，
無主，已然時代錯誤的山谷。
我體內為何仍存有此一空間——
我不知道。

致謝函

我虧欠那些
我不愛的人甚多。

另外有人更愛他們
讓我寬心。

很高興我不是
他們羊群裡的狼。

和他們在一起我感到寧靜，
我感到自由，
那是愛無法給予
和取走的。

我不會守著門窗
等候他們。
我的耐心
幾可媲美日晷儀，
我了解
愛無法理解的事物，
我原諒
愛無法原諒的事物。

從見面到通信

不是永恆，
只不過幾天或幾個星期。

和他們同遊總是一切順心，
聽音樂會，
逛大教堂，
飽覽風景。

當七座山七條河
阻隔我們，
這些山河在地圖上
一目了然。

感謝他們
讓我生活在三度空間裡，

在一個地平線因變動而真實，
既不抒情也不矯飾的空間。

他們並不知道
自己空著的手裡盛放了好多東西。

「我不虧欠他們什麼，」
對此公開的問題
愛會如是說。

俯視

泥巴路上躺著一隻死甲蟲。
三對小腳小心翼翼地交疊於腹部。
不見死亡的亂象——只有整齊和秩序。
目睹此景的恐怖大大地減輕了，
絕對地方性的規模範疇，從茅草到綠薄荷。
哀傷沒有感染性。
天空一片蔚藍。

為了我們內心的寧靜，它們的死亡似乎比較膚淺，

動物不會消逝，只會死去，
失去——我們希望相信——較少的知覺和世界，
留下——我們覺得似乎如此——悲劇性較薄弱的舞台。
它們卑微的靈魂不會出沒我們的夢境，
它們保持距離，
安分守己。

所以這隻死掉的甲蟲躺在路上，
在陽光底下無人哀悼地閃閃發光。
瞄它一眼總引人思索：
它看來一副並未發生什麼大不了事情的模樣。
重大事件全都留給了我們。
留給我們的生和我們的死，
一個重要性被渲染、誇大的死亡。

微笑

世人寧願親睹希望也不願只聽見
它的歌聲。因此政治家必須微笑。
白如珍珠的衣服意味著他們依舊興高采烈。
遊戲複雜，目標遙不可及，
結果仍不明朗——偶爾
你需要一排友善，發亮的牙齒。

國家元首必須展現未皺起的眉頭
在機場跑道，在會議室。

他們必須具體呈現一個巨大，多齒的「哇！」
在施壓於肉體或緊急議題的時候。
他們臉部的自行再生組織
使我們的心臟營營作響，眼睛的水晶體改變焦距。

轉變成外交技巧的牙醫術
為我們預示一個黃金時代的明日。
諸事不順，所以我們需要
雪亮門牙的大笑和親善友好的白齒。
我們的時代仍未安穩、健全到
讓臉孔顯露平常的哀傷。

夢想者不斷地說：「同胞手足之情
將使這個地方成為微笑的天堂。」
我不相信。果真如此，政治家

就不用做臉部運動了，
而只是偶爾為之：他心情舒暢，
高興春天到了，所以才動動臉。
然而人類天生憂傷。
就順其自然吧。那也不是什麼壞事。

恐怖份子，他在注視

酒吧裡的炸彈將在十三點二十分爆炸。
現在是十三點十六分。
還有時間讓一些人進入，
讓一些人出去。

恐怖份子已穿越街道。
距離使他遠離危險，
好一幅景象——就像電影一樣：

一個穿黃夾克的女人，她正要進入。
一位戴墨鏡的男士，他正走出來。
穿牛仔褲的青少年，他們正在交談。

十三點十七分又四秒。
那個矮個兒是幸運的，他正跨上機車。
但那個高個兒，卻正要進去。

十三點十七分四十秒。
那個女孩，髮上繫著綠色緞帶沿路走著。
一輛公車突然擋在她面前。
十三點十八分。
女孩不見了。
她那麼傻嗎，她究竟上了車嗎？
等他們把人抬出來就知道了。

十三點十九分。
不知怎麼沒人進入。
但有個傢伙，肥胖禿頭，正打算離開。

且慢，他似乎正在翻尋口袋，
十三點十九分十秒
他又走進去尋找他那一文不值的手套。

十三點二十分整。
這樣的等待永遠動人。
隨時都可能。
不，還不是時候。
是的，就是現在。
炸彈，爆炸。

頌讚我妹妹

我妹妹不寫詩，
她絕不可能突然提筆寫詩。
她像她媽媽——她不寫詩，
也像她爸爸——他也不寫詩。
在我妹妹家我感到安全：
沒有東西會觸動我妹婿去寫詩。
雖然這聽起來像一首亞當．馬色唐斯基❶的詩，
我沒有一個親戚在寫詩。

在我妹妹的書桌裡沒有舊的詩，
在她手提包裡也沒有新的詩。
而當我妹妹邀我共進晚餐，
我知道她並沒有為我唸詩的打算。
她不須稍試，即可做出絕佳的湯，
她的咖啡不會濺到手稿上。

在很多家庭都沒有人寫詩，
但一旦有人時，往往就不只一人。
詩有時候像瀑布般代代流傳，
在親人間掀起可怕的旋風。

我妹妹練就一種得體的白話散文，
她全部的文學產品都在度假的明信片上，

年年許諾同樣的事物：
當她回來時，
她將告訴我們，每一樣東西，
每一樣東西，
每一樣東西。

---

❶亞當．馬色唐斯基（Adam Macedonski, 1931-），是以寫作怪詩著稱的波蘭詩人。他的長詩往往由不斷反覆的單行詩句（譬如「一個女人洗內衣」或「一個男人在走路」）所構成，並且附上卡通、漫畫似的圖解（一個靠著洗衣板的女人，或一個走路的男人）。辛波絲卡在此詩提及亞當．馬色唐斯基，幽了自己一默，因為她在第一節詩裡刻意運用重複的手法，以種種措詞點出此詩「說話者」的家人都不寫詩。

隱居

你以為隱士過的是隱居生活，
但他住在漂亮的小樺樹林中
一間有花園的小木屋裡。
距離高速公路十分鐘，
在一條路標明顯的小路上。

你無須從遠處使用望遠鏡，
你可以相當近地看到他，聽到他，
正耐心地向維里斯卡來的一團遊客解釋，
為什麼他選擇粗陋孤寂的生活。

他有一件暗褐色的僧服，

灰色的長鬚，
玫瑰色的兩頰，
以及藍色的眼睛。
他愉快地在玫瑰樹叢前擺姿勢
照一張彩色照。

眼前正為他拍照的是芝加哥來的史坦利．科瓦力克。
他答應照片洗出後寄一張過來。

同一時刻，一位從畢哥十來的沉默的老婦人——
除了收帳員外沒有人會找她——
在訪客簿上寫著：
讚美上主
讓我
今生得見一位真正的隱士。

一些年輕人在樹上用刀子刻著：
靈歌７５在底下會師。
但巴力怎麼了，巴力跑到哪裡去了？
巴力正躺在板凳下假裝自己是一隻狼。

一個女人的畫像

她一定樂於討好。
樂於改變至完全不必改變的地步。
這嘗試很容易，不可能，很困難，很值得。
她的眼睛可依需要時而深藍，時而灰白，
陰暗，活潑，無緣由地淚水滿眶。
她與他同眠，彷彿露水姻緣，彷彿一生一世。
她願意為他生四個孩子，不生孩子，一個孩子。
天真無邪，卻能提供最佳勸告。
身體虛弱，卻能舉起最沉重的負荷。

肩膀上現在沒有頭，但以後會有。
閱讀雅斯培❶和仕女雜誌。
不知道這螺絲是做什麼用的，卻打算築一座橋。
年輕，年輕如昔，永遠年輕如昔。
她手裡握著斷了一隻翅膀的痲雀，
為長期遠程的旅行積攢的私房錢，
一把切肉刀，糊狀膏藥，一口伏特加酒。
她這麼賣力要奔向何方，她不累嗎？
一點也不，只稍微有點，非常，沒有關係。
她若非愛他，便是下定決心愛他。
為好，為歹，為了老天爺的緣故。

❶雅斯培(Karl Jaspers, 1883-1969)，德國存在主義哲學家、神學家。

警告

別把嘲弄者送進太空，
那是我的忠告。

十四個死行星，
若干個彗星，兩顆星星，
在你前往第三顆的途中
嘲弄者早已喪失了幽默感。

外太空自身俱足，

亦即——完美。
嘲弄者對此絕不寬貸。

沒有任何事物可取悅他們：
時間——因為過於永恆，
美——因為沒有瑕疵，
嚴肅——因為無法成為笑話的素材。
別的人都會讚不絕口，
他們卻呵欠連連。

在往第四顆星的途中，
情況會更糟糕。
尖酸的微笑，
睡眠和心靈平衡失常，
愚蠢的交談：

談論嘴喙上沾有乳酪的痲雀，
談論停歇在國王陛下畫像上的蒼蠅，
或者沐浴的猴子
——的確，那才叫生活。

偏狹。
他們喜愛星期四勝過無窮盡。
粗陋。
他們喜愛走調的音勝過天體的音樂。
在實踐與理論，
因與果的
縫隙中他們最是恢意，
但這是太空，不是地球：一切完美接合。

在第三十個星球

（其荒涼無懈可擊）
他們會拒絕離開機艙：
以頭痛或指頭受傷做為藉口。
何其浪費。何其可恥。
那麼多的錢丟進了外太空。

輯六

橋上的人們

1986

一粒沙看世界

我們稱它為一粒沙，
但它既不自稱為粒，也不自稱為沙。
沒有名字，它照樣過得很好，不管是一般的，獨特的，
永久的，短暫的，謬誤的，或貼切的名字。

它不需要我們的瞥視和觸摸。
它並不覺得自己被注視和觸摸。
它掉落在窗台上這個事實
只是我們的，而不是它的經驗。
對它而言，這和落在其他地方並無兩樣，
不確定它已完成墜落
或者還在墜落中。

窗外是美麗的湖景，
但風景不會自我觀賞。
它存在這個世界，無色，無形，
無聲，無臭，又無痛。

湖底其實無底，湖岸其實無岸。
湖水既不覺自己濕，也不覺自己乾，
對浪花本身而言，既無單數也無複數。
它們聽不見自己飛濺於
無所謂小或大的石頭上的聲音。

這一切都在本無天空的天空下，
落日根本未落下，
不躲不藏地躲在一朵不由自主的雲後。

風吹皺雲朵，理由無他——
風在吹。

一秒鐘過去，第二秒鐘過去，第三秒。
但唯獨對我們它們才是三秒鐘。

時光飛逝如傳遞緊急訊息的信差。
然而那只不過是我們的明喻。
人物是捏造的，急促是虛擬的，
訊息與人無涉。

衣服

你脫下，我們脫下，他們脫下
用毛料，棉布，多元酯棉製成的
外套，夾克，短上衣，有雙排鈕釦的西裝，
裙子，襯衫，內衣，居家便褲，套裙，短襪
擱在，掛在，拋置在
椅背上，金屬屏風的兩側；
因為現在，醫生說，情況不算太糟，
你可以穿上衣服，充分休息，出城走走，
有問題服用一粒，睡前，午餐後，

過幾個月，明年春天，明年再來；
你了解，而且也想過，那正是我們擔心的，
他想像，而你全都採信；
該用顫抖的雙手綁緊，繫牢
鞋帶，釦環，黏帶，拉鍊，釦子，
皮帶，鈕釦，袖釦，領口，領帶，釦鉤，
從手提袋，口袋，袖子抽出
一條突然用途大增的
壓皺的，帶點的，有花紋的，有方格的圍巾。

我們祖先短暫的一生

他們當中少有人活到三十。
長壽是岩石和樹木的特權。
童年結束的速度和小狼成長的速度一樣快。
他們得加緊腳步，以便打點生命，
在太陽下山之前，
在初雪落下之前。

十三歲生子，
四歲追蹤燈心草叢中的鳥巢，

二十歲帶頭狩獵——
尚未開始，就已結束。
無窮的盡端迅速鎔化。
女巫用完好如初的青春之齒
咀嚼咒語。
兒子在父親的目光下長大成人。
在祖父空茫的眼眶下孫子誕生。

然而他們並不計數歲月。
他們計數網罟，豆莢，畜棚，斧頭。
時間，對天上微小的星星何其慷慨，
給了他們一隻幾乎空空如也的手，
又旋即收回，彷彿用了太多的心力。
沿著自黑暗迸出又隱入黑暗的
閃閃發光的河流

再走一步，再走兩步。

沒有一刻可以浪費，
沒有延誤的問題，沒有為時已晚的啟示，
只有在時間之中經歷的那些經驗。
智慧等不及灰髮長出。
它得在看到光之前就看個仔細
並且在聲音響起之前就先行聽見。

善與惡——
他們對此所知不多，卻又無所不知：
當惡告捷，善便藏匿；
當善彰顯，惡便臥倒。
兩者皆無法被征服
或被拋棄永不回頭。

因此，即便喜悅，也帶有些許恐懼；
即使絕望，也不會沒有一些安寧的希望。
人生，無論有多長，始終短暫。
短得讓你來不及添加任何東西。

希特勒的第一張照片

這穿著連身嬰兒服的小傢伙是誰？
是阿道夫小娃兒，希特勒家的兒子！
他長大會成為法學博士嗎？
還是在維也納歌劇院唱男高音？
這會是誰的小手、小耳、小眼、小鼻子？
還有喝飽了奶的肚子——我們不知道：
是印刷工人，醫生，商人，還是牧師的？
這雙可愛的小腳最後會走到哪裡？
到花園，學校，辦公室，新娘，

也許走到市長女兒的身旁？

可愛小天使，媽咪的陽光，甜心寶貝。
一年前，在他出生之際，
地面和天空不乏徵兆可循：
春天的太陽，窗台的天竺葵，
庭院裡手搖風琴的樂音，
包在玫瑰紅紙張裡的好運勢。
他母親在分娩前做了個預示命運的夢：
夢中見到鴿子是個好兆頭——
如果抓得到它，一位恭候已久的客人就會到來。
叩叩，是誰在敲門啊？是小阿道夫的心在敲。

小奶嘴，尿布，波浪鼓，圍兜，
活蹦亂跳的男孩，謝天謝地，十分健康，

長得像他的父母，像籃子裡的小貓，
像所有其他家庭相簿裡的小孩。
噓，現在先別哭，小寶貝。
黑布底下的攝影師就要按快門照相了！

克林格照相館，墓地街，布勞瑙，
布勞瑙是個雖小但不錯的市鎮，
殷實的行業，好心的鄰居，
新烤的麵包和灰肥皂的氣味。
這裡聽不見狗吠聲或命運的腳步聲。
歷史老師鬆開衣領
對著作業簿打呵欠。

寫履歷表

需要做些什麼？
填好申請書
再附上一份履歷表。

儘管人生漫長
但履歷表最好簡短。

簡潔、精要是必需的。
風景由地址取代，
搖擺的記憶屈服於無可動搖的日期。

所有的愛情只有婚姻可提，

所有的子女只有出生的可填。

認識你的人比你認識的人重要。
旅行要出了國才算。
會員資格，原因免填。
光榮紀錄，不問手段。

填填寫寫，彷彿從未和自己交談過，
永遠和自己只有一臂之隔。

悄悄略去你的狗，貓，鳥，
灰塵滿佈的紀念品，朋友，和夢。

價格，無關乎價值，
頭銜，非內涵。

他的鞋子尺碼，非他所往之地，
用以欺世盜名的身份。

此外，再附張露出單耳的照片。
重要的是外在形貌，不是聽力。
反正，還有什麼好聽的？
碎紙機嘈雜的聲音。

葬禮

「這麼突然，有誰料到事情會發生」

「壓力和吸菸，我不斷告訴他」

「不錯，謝謝，你呢」

「這些花需要解開」

「他哥哥也心臟衰竭，是家族病」

「我從未見過你留那種鬍子」

「他自討苦吃，總是給自己找麻煩」

「那個新面孔準備發表演講，我沒見過他」

「卡薛克在華沙，塔德克到國外去了」

「你真聰明，只有你帶傘」
「他比他們聰明又怎樣」
「不，那是走道通過的房間，芭芭拉不會要的」
「他當然沒錯，但那不是藉口」
「車身，還有噴漆，你猜要多少錢」
「兩個蛋黃，加上一湯匙糖」
「干他屁事，這和他有什麼關係」
「只剩藍色和小號的尺碼」
「五次，都沒有回音」
「好吧，就算我做過，換了你也一樣」
「好事一樁，起碼她還有份工作」
「不認識，是親戚吧，我想」
「那牧師長得真像貝爾蒙多❶」
「我從沒來過墓園這一區」

「我上個星期夢見他，就有預感」
「他的女兒長得不錯」
「眾生必經之路」
「代我向未亡人致意，我得先走」
「用拉丁文說，聽起來莊嚴多了」
「往者已矣」
「再見」
「我真想喝一杯」
「打電話給我」
「搭什麼公車可到市區」
「我往這邊走」
「我們不是」

❶貝爾蒙多 (Jean-Paul Belmondo, 1933-)，法國著名影星。

對色情文學的看法

再沒有比思想更淫蕩的事物了。
此類放浪的行徑囂狂如隨風飄送的野草
蔓生於雛菊鋪造的園地。

有思想的人認為天底下沒有神聖之事。
厚顏鮮恥地直呼萬物之名，
淫穢地分解，色情地組合，
狂亂放蕩地追逐赤裸的事實，
猥褻地撫弄棘手的問題，
春情大發地討論——這些他們聽來如同音樂。

在光天化日或夜色掩護之下，

他們形成圈圈，三角關係，或成雙配對。
伴侶的年齡和性別無關緊要。
他們目光炯炯，滿面紅光。
呼朋引伴走入歧途。
墮落的女兒帶壞她們的父親。
哥哥做妹妹的淫媒。

他們喜歡知識的禁樹上
採下的果實
勝過紙面光滑的雜誌上找到的粉紅屁股——
那些終極來說天真無邪的猥褻刊物。
他們喜愛的書籍裡沒有圖片。
唯一的變化是大拇指甲或蠟筆
標記出的某些詞語。

令人震驚的是，他們殫精竭智
用以使彼此受精的各種姿勢，和
不受抑制的純真！
這樣的姿勢即使愛經❶一書也一無所知。

他們幽會時唯一濕熱的東西是茶水。
他們坐在椅子上，掀動嘴唇。
每個人交合的只是自己的雙腿
好讓一隻腳擱放地上，
而另一隻自由地在半空中擺盪。
偶爾才會有人站起身來，
走到窗口
透過窗簾的縫隙
窺探外面的街景。

❶愛經，印度房事寶典。

種種可能

我偏愛電影。
我偏愛貓。
我偏愛華爾塔河沿岸的橡樹。
我偏愛狄更斯勝過杜斯妥也夫斯基。
我偏愛我對人群的喜歡
勝過我對人類的愛。
我偏愛在手邊擺放針線，以備不時之需。
我偏愛綠色。
我偏愛不抱持把一切

都歸咎於理性的想法。
我偏愛例外。
我偏愛及早離去。
我偏愛和醫生聊些別的話題。
我偏愛線條細緻的老式插畫。
我偏愛寫詩的荒謬
勝過不寫詩的荒謬。
我偏愛，就愛情而言，可以天天慶祝的
不特定紀念日。
我偏愛不向我做任何
承諾的道德家。
我偏愛狡猾的仁慈勝過過度可信的那種。
我偏愛穿便服的地球。
我偏愛被征服的國家勝過征服者。
我偏愛有些保留。

我偏愛混亂的地獄勝過秩序井然的地獄。
我偏愛格林童話勝過報紙頭版。
我偏愛不開花的葉子勝過不長葉子的花。
我偏愛尾巴沒被截短的狗。
我偏愛淡色的眼睛，因為我是黑眼珠。
我偏愛書桌的抽屜。
我偏愛許多此處未提及的事物
勝過許多我也沒有說到的事物。
我偏愛自由無拘的零
勝過排列在阿拉伯數字後面的零。
我偏愛昆蟲的時間勝過星星的時間。
我偏愛敲擊木頭。
我偏愛不去問還要多久或什麼時候。
我偏愛牢記此一可能——
存在的理由不假外求。

橋上的人們

一個奇怪的星球，上面住著奇怪的人。
他們受制於時間，卻不願意承認。
他們自有表達抗議的獨特方式。
他們製作小圖畫，譬如像這張：

初看，無特別之處。
你看到河水。
以及河的一岸。
還有一條奮力逆航而上的小船。
還有河上的橋，以及橋上的人們。
這些人似乎正逐漸加快腳步
因為雨水開始從一朵烏雲

傾注而下。

此外，什麼事也沒發生。
雲不曾改變顏色或形狀。
雨未見增強或停歇。
小船靜止不動地前行。
橋上的人們此刻依舊奔跑
於剛才奔跑的地方。

在這關頭很難不發表一些想法：
這張畫絕非一派天真。
時間在此被攔截下來。
其法則不再有參考價值。
時間對事件發展的影響力被解除了。
時間受到忽視，受到侮辱。

因為一名叛徒，
一個歌川廣重❶
（一個人，順便一提，
已故多年，且死得其時），
時間失足倒下。

你盡可說這只不過是個不足道的惡作劇，
只具有兩三個星系規模的玩笑。
但是為求周全，我們
還是補上最後的短評：

數個世代以來，推崇讚譽此畫，
為其陶醉感動，
一直被視為合情合理之舉。

但有些人並不以此為滿足。
他們更進一步聽到了雨水的濺灑聲，
感覺冷冷的雨滴落在他們的頸上和背上，
他們注視著橋以及橋上的人們，
彷彿看到自己也在那兒，
參與同樣無終點的賽跑，
穿越同樣無止盡，跑不完的距離，
並且有勇氣相信
這的確如此。

❶此詩提到的畫為日本浮世繪畫家歌川廣重(Utagawa Hiroshige, 1797-1858)一八五七年所作《名所江戶百景》中的一幅——〈驟雨中的箸橋〉，此畫因梵谷(1853-1890)一八八七年的仿作〈雨中的橋〉而著名。

輯七

結束與開始

1993

天空

我早該以此開始：天空。
一扇窗減窗台，減窗框，減窗玻璃。
一個開口，不過如此，
開得大大的。

我不必等待繁星之夜，
不必引頸
仰望。
我已將天空置於頸後，手邊，和眼皮上。
天空緊綑著我
讓我站不穩腳步。

即使最高的山
也不比最深的山谷
更靠近天空。
任何地方都不比另一個地方擁有
更多的天空。
錢鼠升上第七重天的機會
不下於展翅的貓頭鷹。
掉落深淵的物體
從天空墜入了天空。

粒狀的，沙狀的，液態的，
發炎的，揮發的
一塊塊天空，一粒粒天空，
一陣陣，一堆堆天空。
天空無所不在，
甚至存在你皮膚底下的暗處。

我吞食天空，我排泄天空。
我是陷阱中的陷阱，
被居住的居民，
被擁抱的擁抱，
回答問題的問題。

分為天與地——
這並非思索整體的
合宜方式。
只不過讓我繼續生活
在一個較明確的地址，
讓找我的人可以
迅速找到我。
我的特徵是
狂喜與絕望。

有些人喜歡詩

有些人——
那表示不是全部。
甚至不是全部的大多數，
而是少數。
倘若不把每個人必上的學校
和詩人自己算在內，
一千個人當中大概
會有兩個吧。

喜歡——
不過也有人喜歡
雞絲麵湯。
有人喜歡恭維
和藍色，
有人喜歡老舊圍巾，
有人喜歡證明自己的論點，
有人喜歡以狗為寵物。

詩——
然而詩究竟是怎麼樣的東西？
針對這個問題
人們提出的不確定答案不只一個。
但是我不懂，不懂
又緊抓著它不放，
彷彿抓住了救命的欄杆。

結束與開始

每次戰爭過後
總得有人處理善後。
畢竟事物是不會
自己收拾自己的。

總得有人把瓦礫
鏟到路邊，
好讓滿載屍體的貨車
順利通過。

總得有人跋涉過
泥沼和灰燼，穿過沙發的彈簧，
玻璃碎片，
血跡斑斑的破布。

總得有人拖動柱子
去撐住圍牆，
總得有人將窗戶裝上玻璃，
將大門嵌入門框內。

並不上鏡頭，
這得花上好幾年。
所有的相機都到
別的戰場去了。

橋樑需要重建，
火車站也是一樣。
襯衣袖子一捲再捲，
都捲碎了。

有人，手持掃帚，
還記得怎麼一回事，
另外有人傾耳聆聽，點點
他那未被擊碎的頭。
但另一些人一定匆匆走過，
覺得那一切
有點令人厭煩。

有時候仍得有人
自樹叢底下

挖出生鏽的議題
然後將之拖到垃圾場。

了解
歷史真相的人
得讓路給
不甚了解的人。
以及所知更少的人。
最後是那些簡直一無所知的人。

總得有人躺在那裡——
那掩蓋過
因和果的草堆裡——
嘴巴含著草葉，
望著雲朵發愣。

仇恨

你看，她至今仍效率十足，
仍勇健如昔——
百年來我們的仇恨。
她輕易地跨過最高的障礙。
她敏捷地撲攫，追捕我們。

她和別的感情不同。
既年長又年輕。
她生存的理由

不假外求。
如果睡著，她絕非一睡不起。
失眠不會削弱她的力量，反而使之元氣大增。

任何宗教——
使她預備，各就各位。
任何祖國——
助她順利起跑。
公理正義在剛開始也挺有效
直到仇恨找到自己的原動力。
仇恨。仇恨。
她的臉因性愛的狂喜
而扭曲變形。

噢其他的情感，

無精打采病懨懨的。
同胞愛何時開始
吸引人群？

悲憫可曾
首先抵達終點？
懷疑可曾真的煽動過群眾？
只有仇恨予取予求。

聰明，能幹，勤奮。
需要提及她所創作的歌嗎？
她為史書增添的頁數嗎？
她在無數的市區廣場和足球場
所鋪下的人類地毯嗎？

讓我們正視她：
她懂得創造美感。
午夜天空熊熊的火光。
粉紅黎明時分炸彈引爆的壯麗景觀。
你無法否認廢墟的悲情可激勵人心，
並且自其中突起的堅固圓柱
具有某種淫穢的幽默。

仇恨是對比的大師：
在爆炸與死寂之間，
在紅色的血和白色的雪之間。
最重要的是，她對她的主導動機
從不厭倦——高居污髒受難者上方的
無懈可擊的劊子手。

她隨時願意接受挑戰。
如果必須稍等片刻，她也願意。
據說仇恨是盲目的。盲目的？
她擁有狙擊手的敏銳視力
而且毫不畏縮地凝視未來，
捨她其誰。

一見鍾情

他們兩人都相信
是一股突發的熱情讓他倆交會。
這樣的篤定是美麗的，
但變化無常更是美麗。

既然從未見過面，所以他們確定
彼此並無任何瓜葛。
但是聽聽自街道、樓梯、走廊傳出的話語——
他倆或許擦肩而過一百萬次了吧？

我想問他們
是否記不得了——

在旋轉門
面對面那一刻？
或者在人群中喃喃說出的「對不起」？
或者在聽筒截獲的唐突的「打錯了」？
然而我早知他們的答案。
是的，他們記不得了。

他們會感到詫異，倘若得知
緣分已玩弄他們
多年。

尚未完全做好
成為他們命運的準備，
緣分將他們推近，驅離，
憋住笑聲

阻擋他們的去路，
然後閃到一邊。

有一些跡象和信號存在，
即使他們尚無法解讀。
也許在三年前
或者就在上個星期二
有某片葉子飄舞於
肩與肩之間？
有東西掉了又撿了起來？
天曉得，也許是那個
消失於童年灌木叢中的球？

還有事前已被觸摸
層層覆蓋的

門把和門鈴。
檢查完畢後並排放置的手提箱。
有一晚，也許同樣的夢，
到了早晨變得模糊。

每個開始
畢竟都只是續篇，
而充滿情節的書本
總是從一半開始看起。

一九七三年五月十六日

諸如此類的日期
不再引起共鳴。

當天我去了哪裡，
做了什麼——我不知道。

遇到了誰，談了些什麼，
我記不得了。

倘若當時附近發生了刑案，
我提不出不在場證明。

烈日高照，然後消失於
我的地平線之外。
地球旋轉
我的筆記本上未有隻字記載。

我寧可假想
自己已暫時死去
也不願繼續活著
卻什麼也記不得。

畢竟我不是鬼魂。
我呼吸，吃飯，
行走。
我的腳步會發出聲響，
我的手指當然也在門把上

留下了指紋。

鏡子抓住了我的影像。
我穿了或戴了某件諸如此類顏色的東西。
一定有人見到了我。

或許當天我找到某樣
遺失的東西。
或許當天我遺失了後來又找到的東西。

我曾經充滿了感情和知覺。
而今那一切卻像
小括號裡的一行小圓點。

我當時潛藏於何處，

隱匿於何處？
在自己的眼前消失
可是相當不錯的幻術。

我搖動我的記憶。
也許在它枝椏間沉睡多年
的某樣東西
會突然振翅飛起。
不會的。
我顯然太過奢求。
無非是整整一秒鐘。

我們幸運極了

我們幸運極了
不確知
自己生活在什麼樣的世界。

一個人將得活
好長好長的時間，
鐵定比世界本身
還要久。

得認識其他的世界，
就算只是做個比較。
得超脫凡俗人世——

它真正會的
只是礙事
和惹麻煩。

為了研究，
為了大畫面
和明確的結論，
一個人將得超越
那萬物奔竄、迴旋其中的時間。

照那樣看來，
一個人不妨告別
小事件和細節。

計數週末以外的日子

將無可避免被視為
無意義之舉；

把信投進郵筒，
愚蠢少年的衝動；

「不准踐踏草地」的告示，
精神錯亂的症狀。

輯八

瞬間

2002

三個最奇怪的詞

當我說「未來」這個詞，
第一音方出即成過去。
當我說「寂靜」這個詞，
我打破了它。
當我說「無」這個詞，
我在無中生有。

有些人

有些人逃離另一些人。
在某個國家的太陽
和雲朵之下。

他們幾乎拋棄所擁有的一切，
已播種的田地，一些雞，幾條狗，
映著熊熊烈火的鏡子。

他們肩上扛著水罐和成綑的行囊。

裡頭裝的東西越空，
反而越顯沉重。

無聲無息的事：有人因疲憊而倒地。
驚天動地的事：有人的麵包遭搶奪。
有人企圖搖醒癱軟的孩子。

總有另一條不該走的路在他們前面，
總有另一條不該過的橋
跨越在紅得怪異的河上。
周遭有一些槍響，時近時遠，
頭頂有一架飛機，似乎盤旋不去。

會點隱身術應該很管用，
能堅硬如灰色石塊也行，

或者，更棒的是，讓自己不存在
一小段或一長段時間。

總有別的事情會發生，只是何地和何事的問題，
總有人會撲向他們，只是何時和何人的問題，
以多少種形式，帶著什麼意圖。
倘若他可以選擇，
也許他不會成為敵人，
而會允許他們過某種生活。

對統計學的貢獻

一百人當中
凡事皆聰明過人者
——五十二人；
步步躊躇者
——幾乎其餘所有的人；
如果不會費時過久，
樂於伸出援手者
——高達四十九人；

始終很佳，
別無例外者
——四，或許五人；

能夠不帶妒意欣賞他人者
——十八人；

對短暫青春
存有幻覺者
——六十人，容有些許誤差；

不容小覷者
——四十四人；

生活在對某人或某事的

持久恐懼中者
——七十七人：
能快樂者
——二十來個；
個體無害，
群體中作惡者
——至少一半的人；
為情勢所迫時
行徑殘酷者
——還是不要知道為妙
即便只是約略的數目；

事後學乖者
——比事前明智者
多不上幾個人；

只重物質生活者
——三十人
（但願我看法有誤）；

彎腰駝背喊痛，
黑暗中無手電筒者
——八十三人
或遲或早；

公正不阿者
——三十五人，為數眾多；

公正不阿
又通達情理者
——三人；
值得同情者
——九十九人；
終須一死者
——百分之一百的人。
此一數目迄今未曾改變。

負片

在灰濛濛的天空下
一朵更灰暗的雲
被太陽鑲上黑邊。

在左邊，也就是右邊，
一根白色的櫻桃枝開出黑色的花。

明亮的陰影在你臉上。

你剛在桌旁坐下
把灰色的手放在上面。

你像個幽靈似的
試圖喚起生者。

（既然仍是其中一員，
我該出現在他眼前，輕拍一下：
晚安，也就是早安，
再見，也就是哈囉。

並且不吝於對他的回答提出問題，
關於生命，
那寧靜之前的暴風雨。）

雲朵

要描寫雲朵
動作得十分快速——
轉瞬間
它們就幻化成別的東西。

它們的特質：
形狀，色澤，姿態，結構
絕不重複。

沒有記憶的包袱，
它們優遊於事實之上。

它們怎麼可能見證任何事情——
一遇到事情，便潰向四方。

和雲朵相比，
生活牢固多了，
經久不變，近乎永恆。

在雲朵旁，
即便石頭也像我們的兄弟，
可以讓我們依靠，
而雲朵只是輕浮的遠房表親。

讓想存活的人存活，
而後死去，一個接一個，
雲朵對這事
一點也
不覺得奇怪。

在你的整個生活以及
我，尚未完的，生活之上，
它們壯麗地遊行過。

它們沒有義務陪我們死去。
它們飄動時，也不一定要人看見。

在眾生中

我就是我。
一個令人不解的偶然，
一如每個偶然。

我原本可能擁有
不同的祖先，
自另一個巢
振翅而出，
或者自另一棵樹
脫殼爬行。

大自然的更衣室裡

有許多服裝：
蜘蛛，海鷗，田鼠之裝。
每一件都完全合身，
竭盡其責，
直到被穿破。

我也沒有選擇，
但我毫無怨言。
我原本可能成為
不是那麼離群之物，
蟻群，魚群，嗡嗡作響的蜂群的一份子，
被風吹亂的風景的一小部分。

某個較歹命者，
因身上的毛皮

或節慶的菜餚而被飼養，
某個在玻璃片下游動的東西。

扎根於地的一棵樹，
烈火行將逼近。

一片草葉，被莫名事件
引發的驚逃所踐踏。

黑暗星星下的典型，
為他人而發亮。

該怎麼辦，如果我引發人們
恐懼，或者只讓人憎惡，
只讓人同情？

如果我出生於
不該出生的部族，
前面的道路都被封閉？

命運到目前為止
待我不薄。

我原本可能無法
回憶任何美好時光。

我原本可能被剝奪掉
好作譬喻的氣質。

我可能是我——但一無驚奇可言，

也就是說，
一個截然不同的人。

植物的沉默

一種單向的關係在你們和我之間
進展得還算順利。

我知道葉子，花瓣，核仁，毬果和莖幹為何物，
也知道你們在四月和十二月會發生什麼事。

雖然我的好奇未獲回報，
我仍樂於為你們其中一些彎腰屈身，
為另外一些伸長脖子。

我這裡有你們的名字：
楓樹，牛蒡，地錢，
石楠，杜松，槲寄生，勿忘我；
而你們誰也不知道我的名字。

我們有共同的旅程。
在旅行時互相交談，
交換，譬如，關於天氣的意見，
或者關於一閃而過的車站。

因為關係密切，我們不乏話題。
同一顆星球讓我們近在咫尺。
我們依同樣的定律投落影子。
我們都試著以自己的方式了解一些東西，

即便我們不了解處，也有幾分相似。

儘管問吧，我會盡可能說明：
我的眼睛看到了什麼？
我的心為什麼會跳動？
我的身體怎麼沒有生根？

但要如何回答沒有提出的問題，
尤其當答問者對你們而言
是如此的微不足道？

矮樹林，灌木叢，草地，燈心草……
我對你們說的一切只是獨白，
你們都沒有聽見。

和你們的交談雖必要卻不可能。
如此急切，在我倉卒的人生，
卻永遠被擱置。

【附錄】

詩人與世界——一九九六年諾貝爾文學獎得獎辭

辛波絲卡

據說任何演說的第一句話一向是最困難的，現在這對我已不成問題啦。但是，我覺得接下來的句子——第三句，第六句，第十句……一直到最後一行——對我都是一樣的困難，因為在今天這個場合我理當談詩。我很少談論這個話題——事實上，比任何話題都少。每次談及，總暗地裡覺得自己不擅此道，因此我的演講將會十分簡短，上桌的菜量少些，一切瑕疵便比較容易受到包容。

當代詩人對任何事物皆是懷疑論者，甚至——或者該說尤其——對自己。他們公然坦承走上寫詩一途情非得已，彷彿對自己的身份有幾分羞愧。然而，在我們這個喧譁的時代，承認自己的缺點——至少在它們經過精美的包裝之後——比認清自己的優點容易得多，因為優點藏得較為隱密，而你自己也從未真正相信它們的價值……在填寫問卷或與陌生人聊天時——也就是說，在他們的職業不得不曝光的時候——詩人較喜歡使用籠統的名稱「作家」，或者以寫作之外所從事的任何工作的名稱來代替「詩人」。辦事官員或公車乘客發現和自己打交道的對象是一位詩人的時候，會流露出些許懷疑或驚惶的神色。我想哲學家也許會碰到類似的反應，不過他們的處境要好些，因為他們往往可以替自己的職業冠上學術性的頭銜。哲學教授——這樣聽起來體面多了。

但是卻沒有詩教授這樣的頭銜。這畢竟意味著詩歌不是一個需要專業研究，定期考試，附有書目和註解的理論性文章，以及在正式場合授予文憑的行業。這也意味著光看些書——即便是最精緻的詩——並不足以成為詩人。其關鍵因素在於某張蓋有官印的紙。我們不妨回想一下：俄國詩壇的驕傲、諾貝爾桂冠詩人布洛斯基（**Joseph Brodsky**），就曾經因為這類理由而被判流刑。他們稱他為「寄生蟲」，因為他未獲官方授予當詩人的權利。

數年前，我有幸會見布洛斯基本人。我發現在我認識的詩人當中，他是唯一樂於以詩人自居的。他說出那兩個字，不但毫不勉強，相反地，還帶有幾分反叛性的自由，我想那是因為他憶起了年輕時所經歷過的不人道羞辱。

在人性尊嚴未如此輕易遭受蹂躪的較幸運的國家，詩人當然渴望被出版，被閱讀，被了解，但他們絕少使自己超越一般民眾和單調日常生活的水平。而就在不久前，本世紀的前幾十年，詩人還竭盡心力以其奢華的衣著和怪異的行徑讓我們震驚不已，但這一切只是為了對外炫耀。詩人總有關起門來，脫下斗篷、廉價飾品以及其他詩的裝備，去面對——安靜又耐心地守候他們的自我——那白晳依舊的紙張的時候，因為到頭來這才是真正重要的。

偉大科學家的電影版傳記相繼問世，並非偶然。越來越多野心勃勃的導演，企圖忠實地再現重要的科學發現或傑作的誕生的創造過程，而且也的確能幾分成功地刻畫出投注於科學上的心血。實驗室，各式各樣的儀器，精密的機械裝置重現眼前：這類場景或許能讓觀眾的興趣持續一陣子；充滿變數的時刻——這個經過上千次修正的實驗究竟會不會有預期的結果？——是相當戲劇化的。講述畫家故事的影片可以拍得頗具可看性，因為影片再現一幅名作形成的每個階段，從第一筆畫下的鉛筆線條，到最後一筆塗上的油彩。音樂則瀰漫於講述作曲家故事的影片中：最初在音樂家耳邊響起的幾小節旋律，最後會演變成交響曲形式的成熟作品。當然，這一切都流於天真爛漫，對奇妙的心態——一般稱之為靈感——並未加以詮釋，但起碼觀眾有東西可看，有東西可聽。

而詩人是最糟糕的，他們的作品完全不適合以影像呈現。某個人端坐桌前或躺靠沙發上，靜止不動地盯著牆壁或天花板看；這個人偶爾提筆寫個七行，卻又在十五分鐘之後刪掉其中一行；然後另一個小時過去了，什麼事也沒發生……誰會有耐心觀賞這樣的影片？

我剛才提到了靈感。被問及何謂靈感或是否真有靈感之時，當代詩人會含糊其辭。這並非他們未曾感受過此一內在激力之喜悅，而是你很難向別人解說某件你自己都不明白的事物。

好幾次被問到這樣的問題時，我也躲閃規避。不過我的答覆是：大體而言，靈感不是詩人或藝術家的專屬特權；現在、過去和以後，靈感總會去造訪某一群人——那些自覺性選擇自己的職業並且用愛和想像力去經營工作的人。這或許包括醫生，老師，園丁——還可以列舉出上百項行業。只要他們能夠不斷地發現新的挑戰，他們的工作便是一趟永無終止的冒險。困難和挫敗絕對壓不扁他們的好奇心，一大堆新的疑問會自他們解決過的問題中產生。不論靈感是什麼，它衍生自接連不斷的「我不知道」。

這樣的人並不多。地球上的居民多半是為了生存而工作，因為不得不工作而工作。他們選擇這項或那項職業，不是出於熱情；生存環境才是他們選擇的依據。可厭的工作，無趣的工作，僅僅因為待遇高於他人而受到重視的工作（不管那工作有多可厭，多無趣）——這對人類是最殘酷無情的磨難之一，而就目前情勢看來，未來似乎沒有任何改變的跡象。

因此，雖然我不認為靈感是詩人的專利，但我將他們歸類為受幸運之神眷顧的精英團體。

儘管如此，在座各位此刻或許存有某些疑惑。各類的拷問者、專制者、狂熱份子，以一些大聲疾呼的口號爭權奪勢的群眾煽動者——他們也喜愛他們的工作，也以富創意的熱忱去履行他們的職責。的確如此，但是他們「知道」。他們知道，而且他們認為自己所知之事自身俱足；他們不想知道其他任何事情，因為那或許會減弱他們的主張的說服力。任何知識若無法引發新的疑問，便會快速滅絕：它無法維持賴以存活所需之溫度。以古今歷史為借鏡，此一情況發展至極端時，會對社會產生致命的威脅。

這便是我如此重視「我不知道」這短短數字的原因了。這辭彙雖小，卻張著強而有力的翅膀飛翔。它擴大我們的生活領域，使之涵蓋我們內在的心靈空間，也涵蓋我們渺小地球懸浮其間的廣袤宇宙。如果牛頓不曾對自己說「我不知道」，掉落小小果園地面上的那些蘋果或許只像冰雹一般；他頂多彎下身子撿取，然後大快朵頤一番。我的同胞居禮夫人倘若不曾對自己說「我不知道」，或許到頭來只不過在一所私立中學當化學老師，教導那些家世良好的年輕仕女，以這一份也稱得上尊貴的職業終老。但是她不斷地說「我不知道」，這幾個字將她——不只一次，而是兩度——帶到了斯德哥爾摩，在這兒，不斷追尋的不安靈魂不時獲頒諾貝爾獎。

詩人——真正的詩人——也必須不斷地說「我不知道」。每一首詩都可視為回應這句話所做的努力，但是他在紙頁上才剛寫下最後一個句點，便開始猶豫，開始體悟到眼前這個答覆是絕對不完滿而可被摒棄的純代用品。於是詩人繼續嘗試，他們這份對自我的不滿所發展出來的一連串成果，遲早會被文學史家用巨大的紙夾夾放在一起，命名為他們的「作品全集」。

有些時候，我會夢想自己置身於不可能實現的處境，譬如說，我會厚顏地想像自己有幸與那位對人類徒然的努力發出動人噫歎的《舊約・傳道書》的作者談天。我會在他面前深深地一鞠躬，因為他畢竟是最偉大的詩人之一——至少對我而言。然後我會抓住他的手。「『太陽底下沒有新鮮事』：你是這麼寫的，傳道者。但是你自己就是誕生於太陽底下的新鮮事，你所創作的詩也是太陽底下的新鮮事，因為在你之前無人寫過。你所有的讀者也是太陽底下的新鮮事，因為在你之前的人無法閱讀到你的詩。你現在坐在絲柏樹下，而這絲柏自開天闢地以來並無成長，它是藉由和你的絲柏類似但非一模一樣的絲柏而成形的。傳道者，我還想問你目前打算從事哪些太陽底下的新鮮事？將你表達過的思想做進一步的補充？還是駁斥其中的一些論點？你曾在早期的作品裡提到『喜悅』的觀點——它稍縱即逝，怎麼辦？說不定你會寫些有關喜悅的『太陽底下的新鮮』詩？你做筆記嗎？打草稿嗎？我不相信你會說：『我已寫下一切，再也沒有任何需要補充的了。』這樣的話，世上沒有一個詩人說得出口，像你這樣偉大的詩人更是絕不會如此說的。」

世界——無論我們怎麼想，當我們被它的浩瀚和我們自己的無能所驚嚇，或者被它對個體——人類、動物、甚至植物——所受的苦難所表現出來的冷漠所激憤（我們何以確定植物不覺得疼痛）；無論我們如何看待為行星環繞的星光所穿透的穹蒼（我們剛剛著手探測的行星，早已死亡的行星？依舊死沉？我們不得而知）；無論我們如何看待這座我們擁有預售票的無限寬廣的劇院（壽命短得可笑的門票，以兩個武斷的日期為界限）；無論我們如何看待這個世界——它是令人驚異的。

但「令人驚異」是一個暗藏邏輯陷阱的性質形容詞。畢竟，令我們驚異的事物背離了某些眾所皆知且舉世公認的常模，背離了我們習以為常的明顯事理。而問題是：此類顯而易見的世界並不存在。我們的訝異不假外求，並非建立在與其他事物的比較上。

在不必停下思索每個字詞的日常言談中，我們都使用「俗世」、「日常生活」、「事物的常軌」之類的語彙……但在字字斟酌的詩的語言裡，沒有任何事物是尋常或正常的——任何一個石頭及其上方的任何一朵雲；任何一個白日以及接續而來的任何一個夜晚；尤其是任何一種存在，這世界上任何一個人的存在。

看來艱鉅的任務總是找上詩人。

一九九六年十二月七日於斯德哥爾摩

辛波絲卡作品年表

詩集

存活的理由（Dlatego zyjemy, 1952）
自問集（Pytania zadawane sobie, 1954）
呼喚雪人（Wolanie do Yeti, 1957）
鹽（Sól, 1962）
一百個笑聲（Sto pociech, 1967）
可能（Wszelki wypadek, 1972）
巨大的數目（Wielka liczba, 1976）
橋上的人們（Ludzie na moscie, 1986）
結束與開始（Koniec i poczatek, 1993）
瞬間（Chwila, 2002）
冒號（Dwukropek, 2005）
這裡（Tutaj, 2009）

散文集

非強制閱讀（Lektury nadobowiazkowe, 1973）
非強制閱讀新輯（Nowe Lektury nadobowiazkowe: 1997-2002, 2002）

國家圖書館預行編目資料

辛波絲卡／辛波絲卡(Wislawa Szymborska)著,
陳黎・張芬齡譯,--初版.--臺北市: 寶瓶文
化,2011.04
面； 公分.--(Island；142)
譯自：Poems, new and collected, 1957-1997
ISBN 978-986-6249-42-6（平裝）

882.151 100003473

Island 142

辛波絲卡

作者／辛波絲卡(Wislawa Szymborska) 譯者／陳黎・張芬齡

發行人／張寶琴
社長兼總編輯／朱亞君
副總編輯／張純玲
資深編輯／丁慧瑋 編輯／林婕伃
美術主編／林慧雯
校對／禹鐘月・陳佩伶・呂佳真・陳黎
營銷部主任／林歆婕 業務專員／林裕翔 企劃專員／李祉萱
財務／莊玉萍
出版者／寶瓶文化事業股份有限公司
地址／台北市110信義區基隆路一段180號8樓
電話／(02)27494988 傳真／(02)27495072
郵政劃撥／19446403 寶瓶文化事業股份有限公司
印刷廠／世和印製企業有限公司
總經銷／大和書報圖書股份有限公司 電話／(02)89902588
地址／新北市新莊區五工五路2號 傳真／(02)22997900
E-mail／aquarius@udngroup.com

法律顧問／理律法律事務所陳長文律師、蔣大中律師
如有破損或裝訂錯誤，請寄回本公司更換
初版一刷日期／二〇一一年四月七日
初版十六刷+日期／二〇二三年八月一日

ISBN／978-986-6249-42-6
定價／二七〇元

AQUARIUS 寶瓶文化事業

愛書人卡

感謝您熱心的為我們填寫，
對您的意見，我們會認真的加以參考，
希望寶瓶文化推出的每一本書，都能得到您的肯定與永遠的支持。

系列：Island142　**書名：辛波絲卡**

1. 姓名：＿＿＿＿＿＿＿＿　性別：□男　□女

2. 生日：＿＿年＿＿月＿＿日

3. 教育程度：□大學以上　□大學　□專科　□高中、高職　□高中職以下

4. 職業：＿＿＿＿＿＿

5. 聯絡地址：＿＿＿＿＿＿＿＿＿＿＿＿＿

   聯絡電話：＿＿＿＿＿＿＿＿　手機：＿＿＿＿＿＿＿＿

6. E-mail信箱：＿＿＿＿＿＿＿＿＿＿＿＿＿

   □同意　□不同意　免費獲得寶瓶文化叢書訊息

7. 購買日期：＿＿ 年 ＿＿ 月 ＿＿日

8. 您得知本書的管道：□報紙／雜誌　□電視／電台　□親友介紹　□逛書店　□網路
   □傳單／海報　□廣告　□其他

9. 您在哪裡買到本書：□書店，店名＿＿＿＿＿　□劃撥　□現場活動　□贈書
   □網路購書，網站名稱：＿＿＿＿＿＿　□其他＿＿＿＿＿

10. 對本書的建議：（請填代號　1. 滿意　2. 尚可　3. 再改進，請提供意見）

    內容：＿＿＿＿＿＿＿＿＿＿

    封面：＿＿＿＿＿＿＿＿＿＿

    編排：＿＿＿＿＿＿＿＿＿＿

    其他：＿＿＿＿＿＿＿＿＿＿

    綜合意見：＿＿＿＿＿＿＿＿＿＿＿＿＿＿＿＿＿＿＿＿

11. 希望我們未來出版哪一類的書籍：＿＿＿＿＿＿＿＿＿＿＿＿

讓文字與書寫的聲音大鳴大放

寶瓶文化事業股份有限公司

（請沿此虛線剪下）

廣 告 回 函
北區郵政管理局登記
證北台字15345號
免貼郵票

寶瓶文化事業股份有限公司　收

110台北市信義區基隆路一段180號8樓

8F,180 KEELUNG RD.,SEC.1,

TAIPEI.(110)TAIWAN R.O.C.

（請沿虛線對折後寄回，謝謝）